Pier Paolo Pasolini, Teorema oder Die nackten Füße

Pier Paolo Pasolini, geboren 1922 in Bologna, veröffentlichte als Zwanzigjähriger seinen ersten, im friaulischen Dialekt geschriebenen Gedichtband, siedelte 1949 nach Rom über; dort unterrichtete er zunächst an einer Mittelschule, begann mit Versuchen in erzählender Dichtung, las Gramsci und Marx. 1955 wurde sein erster bedeutender, gesellschaftskritischer Roman »Ragazzi di vita« publiziert. In der Folgezeit erschienen weitere Gedichtbände (»Le ceneri di Gramsci«, 1957; »L'usignolo della Chiesa Cattolica«, 1958; »Poesia in forma di rosa«, 1964, u. a.) und der Roman »Una vita violenta« (1959, dt. 1963). Zu Beginn der sechziger Jahre wandte er sich vor allem dem Film zu (»Accattone«, »Das Evangelium nach Matthäus«, »König Ödipus«, »Teorema oder Die nackten Füße«, »Medea« u. a.). Ab 1966 leitete er zusammen mit Alberto Moravia die Zeitschrift »Nuovi Argomenti«. Neben Drehbüchern schrieb er zahlreiche Essays über Film, Sprache, Literatur und politische Fragen. 1975 kam Pasolini in Rom ums Leben.

Serie Piper:

Pier Paolo Pasolini

Teorema
oder Die nackten Füße

Aus dem Italienischen von Heinz Riedt

R. Piper & Co. Verlag

ISBN 3-492-00500-4
Neuausgabe 1980
2. Auflage, 7.–10. Tausend 1980
(1. Auflage, 1.–4. Tausend dieser Ausgabe)

Umschlag Zembsch' Werkstatt, München
Gesamtherstellung Clausen & Bosse, Leck
Printed in Germany

»Gott führte also das Volk um,
auf die Straße durch die Wüste.«
Exodus 13, 18

Vorbemerkung

... Da die Prosa ein wenig »Kunst«-Prosa ist, ergibt sich daraus, daß es hier um eine Parabel geht und nicht um eine eigentliche Untersuchung über die »Verhaltenskrise« (eine Formulierung, mit der ich das Buch definieren möchte).

Gleichsam auf Goldgrund entstanden, habe ich ›Teorema‹ mit der Rechten gemalt, während ich mit der Linken zugleich damit beschäftigt war, ein Fresko auf eine große Wand (den gleichnamigen Film) zu bringen. Bei einer solchen Doppelnatur weiß ich nicht, was mehr Gewicht hat: die Literatur oder der Film. In Wahrheit war ›Teorema‹ vor etwa drei Jahren schon als Pièce *in Versen entstanden; dann verwandelte es sich in einen Film und zugleich in die Erzählung, die dem Film zugrunde liegt und die durch den Film korrigiert wurde. So ist für diesen kleinen weltlichen Leitfaden mit ungewissem Kanon, wo der religiöse Einbruch in ein geregeltes Mailänder Familienleben behandelt wird, die beste Lesart wohl diejenige, die »Fakten«, das »laufende Geschehen« zu verfolgen und sich sowenig wie möglich bei den einzelnen Seiten aufzuhalten. Das ist zumindest meine Ansicht. Und was den Rest betrifft, so hat die bürgerliche »indirekt freie Rede«, die ich wohl oder übel unter das Gewebe dichterischer Prosa legen mußte, auch mich mit einem leichten Sinn für Humor, Abstand und Maß angesteckt (und mich zu meinem großen Verdruß nicht so anstößig werden lassen, wie das Thema es erfordert hätte): Aber ich meine, es ist im wesentlichen alles noch immer aus einem extremen Bildwinkel heraus geschildert, vielleicht etwas zu sanft (worüber ich mir klar bin), doch immerhin ohne Alternative.*

Pier Paolo Pasolini

Erster Teil

1

Einige Daten

Die ersten Daten unserer Geschichte beziehen sich schlicht auf das Leben einer Familie. Es handelt sich um eine kleinbürgerliche Familie: Kleinbürger im ideologischen, nicht ökonomischen Wortsinn. Denn es sind sehr reiche Leute, und sie wohnen in Mailand. Gewiß kann sich der Leser unschwer vorstellen, wie diese Leute leben; wie sie sich zu ihrem Milieu (dem reichen industriellen Bürgertum) verhalten; wie sie sich im Familienkreis benehmen, und so fort. Und wir meinen, daß es ebenso leicht ist, sich diese Leute nacheinander vorzustellen, was uns die Aufzählung gewisser und sicher nicht neuer Lebensgepflogenheiten erspart: Es sind in keiner Weise besondere, sondern mehr oder minder durchschnittliche Leute.

Die Glocken läuten den Mittag ein. Die Glocken aus dem nahen Lainate oder dem noch näheren Arese. In den Glockenklang mischt sich das gedämpfte und fast sanfte Heulen der Sirenen.

Eine Fabrik beansprucht den ganzen (wegen des Nebelschleiers, den nicht einmal das Mittagslicht zerstreuen kann, sehr unbestimmten) Horizont, dessen Begrenzung von einem Grün ist, so zart wie das bleiche Azur des Himmels. Die Jahreszeit ist nicht näher bezeichnet (vielleicht Frühjahr oder Herbstanfang oder alles beides, weil unsere Geschichte keine chronologische Folge hat); und die Pappeln, die in langen, regelmäßigen Reihen das riesige Gelände umstehen, auf dem (erst vor ein paar Monaten oder Jahren) die Fabrik entstanden ist, sind kahl oder knospen gerade (oder haben welke Blätter).

Beim Verkünden des Mittags strömen die Arbeiter aus der Fabrik, und die Reihen parkender Autos, Hunderte und Aberhunderte, geraten in Bewegung . . .

In dieser Umgebung, vor diesem Hintergrund, erscheint die erste Person unserer Erzählung.

Aus dem Haupttor der Fabrik – die Wächter grüßen militärisch – rollt langsam ein Mercedes. Darinnen, mit dem sanftbekümmerten und etwas erloschenen Gesicht eines Mannes, der sich sein Lebtag nur mit Geschäften und vielleicht sporadisch auch mit Sport abgegeben hat, der Besitzer – oder doch mindestens der Hauptaktionär – dieser Fabrik. Alter: vierzig bis fünfzig Jahre. Aber er sieht sehr jugendlich aus (das Gesicht braungebrannt, das Haar leicht meliert, der Körper noch elastisch und muskulös, eben wie bei jemandem, der von Jugend an Sport treibt). Sein Blick verliert sich im Leeren, ist ebenso besorgt wie gelangweilt oder einfach ausdruckslos: daher unergründlich. Die Zeremonie seiner Ankunft und Abfahrt – als Fabrikherr – ist für ihn etwas Gewohntes. Kurzum, er sieht aus wie ein Mann, der mitten im Leben steht: Daß er ein bedeutender Mann ist, von dem das Schicksal so vieler anderer Menschen abhängt, das macht ihn, wie es manchmal zu sein pflegt, unerreichbar, fremd, geheimnisvoll. Dieses Geheimnis ist aber sozusagen arm an Dichte und Nuancen.

Sein Wagen läßt die Fabrik hinter sich, die so weit ist wie der Horizont und fast am Himmel schwebt, und fährt über die zwischen den alten Pappeln neu angelegte Straße in Richtung Mailand.

2

Weitere Daten (I)

Die Glocken läuten den Mittag ein.

Pietro, die zweite Person in unserer Geschichte – Sohn der ersten Person –, kommt aus dem Parini-Gymnasium[1] (oder vielleicht ist er schon draußen und geht durch die gewohnten Straßen nach Hause).

Wie schon beim Vater, steht auch auf seiner nicht sehr hohen (sogar recht unansehnlichen) Stirn die Intelligenz dessen geschrieben, der nicht ohne Nutzen in einer steinreichen Mailänder Familie aufgewachsen ist; der aber auch, viel deutlicher erkennbar als beim Vater, darunter gelitten hat. So daß kein selbstsicherer Junge aus ihm geworden ist, vielleicht sportlich wie der Vater, sondern ein Schwächling mit niedriger, blaßbläulicher Stirn, Augen, die bereits von Heuchelei verdorben sind, und einem Haarschopf, der zwar noch ein bißchen lausbübisch ist, aber doch schon gebändigt vom zukünftigen kampflosen Leben eines Bourgeois.

In seiner Gesamterscheinung erinnert Pietro an gewisse Typen aus der Stummfilmzeit; man könnte sogar sagen – rätselhaft und unweigerlich –, an Charlot: ohne jeden Grund, um der Wahrheit willen. Immerhin, wenn man ihn so sieht, kommt einem zwangsläufig der Gedanke, daß er wie Charlot dazu geschaffen sei, Mäntel und Jacken zu tragen, die ihm zu groß sind und deren Ärmel gleich einen halben Meter über die

1 Bekanntes humanistisches Gymnasium in Mailand, das von der gesellschaftlichen Elite bevorzugt wird. Anm. d. Übers.

Hände herunterbaumeln – oder einer Straßenbahn nachzulaufen, die er nie erreichen wird – oder in einem grauen, tragisch-einsamen Stadtteil gravitätisch auf einer Bananenschale auszurutschen.

Aber das sind nichts weiter als lebhafte und extemporierte Assoziationen; der Leser möge sich davon nicht ablenken lassen. Für den Augenblick kann man sich Pietro noch sehr gut als irgendeinen Mailänder Jungen vorstellen, einen Schüler des Parini-Gymnasiums, der von seinen Mitschülern voll anerkannt wird als Bruder, Komplize, Mitstreiter in ihrem unschuldigen, eben erst begonnenen und schon entschiedenen Klassenkampf.

Mit vergnügt-durchtriebenem Gesicht geht er neben einer Blondine, die sichtlich auch zu seiner Gesellschaftsschicht und -tradition gehört und zur Zeit sein Mädchen ist. Kein Zweifel, während Pietro auf seinem Heimweg unter der brennenden Sonne (auch sie nicht greifbarer Besitz dessen, der über die Stadt verfügt) zwischen den gepflegten Rasenflächen einer Mailänder Anlage nach Hause geht, ist er *ehrlich* damit beschäftigt, seiner Schulkameradin den Hof zu machen. Freilich tut er dies, als verfolge er einen schmerzlichen Plan: Das ist aber nur die geheime, uneingestandene Erregtheit des Schüchternen, kaschiert durch Albernheit und selbstsicheres Auftreten, von dem er im übrigen gar nicht lassen *könnte*, auch wenn er es wollte.

Seine Kameraden sind bei allem unartikulierten Verlangen, sich als Gammler zu geben, doch korrekt gekleidet; und mit einer Miene, die – mag sie rührend oder abstoßend sein – vom vorzeitigen Fehlen jeder Selbstlosigkeit und Sauberkeit gezeichnet ist, lassen sie das Paar verständnisvoll zurück. So bleiben Pietro und sein Mädchen scherzend vor einem Strauch stehen; der ist ährengelb – falls es Herbst ist – und zart durchsichtig – falls es Frühling ist. Dann setzen sie sich auf eine einsame Bank; umarmen sich, küssen sich. Einige höchst unerwünschte

Augenzeugen gehen vorüber (ein Paralytiker etwa, der in die Sonne will – sie wirkt auf ihn nur lindernd) und stören sie ausgerechnet bei ihren schuldhaftesten Bewegungen (ihre Hand an seinem Schoß, der jedoch bar jeden Ungestüms ist): Aber sie sind ja in ihrem Recht, und ihr Verhältnis ist im Grunde ehrlich, sympathisch und offen.

3

Weitere Daten (II)

Die Glocken läuten den Mittag ein.

Auch Odetta, Pietros jüngere Schwester, kommt aus der Schule (dem Istituto delle Marcelline[1]). Sie ist süß und erregend, das arme Kind; und ihre Stirn scheint wie ein Kästchen voll schmerzlicher Intelligenz, ja beinahe voll *Wissen* zu sein.

Ebenso wie die Kinder der Armen gleich erwachsen sind und schon alles über das Leben wissen, sind auch die Kinder der Reichen zuweilen frühreif – alt vom Alter ihrer Gesellschaftsklasse: Und sie tragen ihr Leben wie eine Krankheit – aber heiter, entsprechend der sanften Heiterkeit der armen Kinder, gleichsam einem Kodex folgend, der zwar ungeschrieben ist, den sie aber aus Instinkt auswendig kennen.

Odetta scheint vordringlich darauf bedacht, dies alles zu verbergen: ein erfolgloses Bemühen, weil gerade seine Erkennbarkeit ihr wahres Inneres verrät. Zwar ist ihr Gesicht oval und schön (mit ein paar herkömmlich-poetischen Sommersprossen), mit großen Augen, langen Wimpern und kurzer, ausgeprägter Nase – doch der Mund ist eine fast verwirrende Zurschaustellung von Odettas wirklichem Sein. Nicht daß dieser Mund häßlich wäre, im Gegenteil, er ist ganz reizend; und doch eben ein wenig ungestalt; so auffällig und so eigen, daß man ihn, mit seiner fliehenden Unterlippe wie bei einem Kaninchen- oder Rattenmäulchen, nicht einen Augenblick unbeachtet lassen

1 Von Ordensschwestern geleitetes Lyzeum, bevorzugt von der Mailänder Hautevolee. Anm. d. Übers.

kann: Im Grunde genommen ist das der buffoneske Akzent der Heiterkeit – oder vielmehr der schmerzlichen und vertuschten Bewußtheit ihres eigenen Nichts; und ohne diese Heiterkeit könnte Odetta nicht leben.

So zeigt nun Odetta, die zur gleichen Zeit wie ihr Bruder Pietro nach Hause geht, unterwegs die üblichen äußeren Merkmale eines sehr reichen jungen Mädchens, dem es die Familie (mit einem Schuß Snobismus) erlaubt, sich (trotz der Marcelline-Schule), sagen wir, modern zu kleiden und zu benehmen.

Odetta hat auch einen Jungen, der ihr den Hof macht: ein weichliches, hochgeschossenes Idol seiner sozialen Klasse und Gattung. Auch um sie beide ist eine Gruppe von Kameraden und Kameradinnen, Halbwüchsige, die sich schon ganz natürlich »à la manière« und ohne Argwohn verhalten, perfekte Abbilder ihrer Eltern.

Das Gespräch zwischen Odetta und ihrem bartlosen Verehrer dreht sich um ein Fotoalbum, das Odetta zusammen mit ihren Schulbüchern eifersüchtig festhält. Ein Fotoalbum mit samtenem Einband voll rosa und roter Kringel im Jugendstil. Das Album ist noch ganz leer und offenbar soeben in einer Papierhandlung erworben. Nur die erste Seite ist schon eingeweiht: von einer großen Fotografie ihres Vaters.

Der Verehrer macht seine Witzchen über dieses Album, als wisse er genau, daß es sich hier um einen Tick des jungen Mädchens handelt. Sowie der Junge aber um eine Kleinigkeit forscher wird – eine einzige Bewegung, ein einziges Wort, vor einem dunklen Steinbrunnen unter einer Reihe metallisch scheinender Bäumchen –, läuft Odetta davon.

Ihre Flucht wirkt elegant und pikiert und ist eigentlich ausdruckslos, verbirgt aber in Wahrheit echten Schrecken. Auch die Worte, die sie zu ihren jungen Freuden und Freundinnen und zum entflammten Verehrer sagt, der sie verfolgt – »Ich mag Männer nicht« –, kommen schnippisch und elegant-humorvoll heraus; doch offenbar enthalten sie ein Körnchen Wahrheit.

4

Weitere Daten (III)

Wie der Leser sicher schon bemerkt hat, handelt es sich hier weniger um eine Erzählung als vielmehr um das, was man in der Wissenschaft einen »Bericht« nennt: also um etwas sehr Informatives; und darum, technisch gesehen und der Form nach, eher um ein »Handbuch« als um eine »Botschaft«. Des weiteren ist die Form nicht realistisch, sondern ganz im Gegenteil emblematisch . . . rätselhaft . . ., so daß jede Vorausbemerkung über die Beschaffenheit der Personen nur als Hinweis gelten mag: für die Konkretheit, nicht für die Substanz der Dinge.

Der Leser kann sich Lucia, Pietros und Odettas Mutter, vorstellen, während sie sich in einem stillen, abgesonderten Winkel des Hauses befindet – Schlafzimmer oder *Boudoir* oder Aufenthaltsraum oder Veranda – dazu schüchterne Reflexe vom Grün des Gartens usw. Aber Lucia hält sich dort auf – nicht als guter Geist des Hauses, sondern als gelangweilte Frau. Sie hat ein Buch gefunden, hat zu lesen begonnen, und die Lektüre nimmt sie ganz in Anspruch (ein gescheites, seltenes Buch über das Tierleben). So wartet sie auf die Essenszeit. Beim Lesen fällt ihr eine Locke über die Augen (eine kostbare Locke, vielleicht am selben Morgen unter den kunstfertigen Fingern des Friseurs entstanden). Wie sie so dasitzt, bietet sie – fast mit der Gier einer Kranken – dem einfallenden Licht ihre hohen, aber irgendwie ausgezehrten und leichenähnlichen Wangen dar; ihre Augen, stetig gesenkt, erscheinen länglich und schwarz und, vielleicht wegen ihrer dunklen Feuchte, etwas zyanotisch und barbarisch.

Aber wie sie sich jetzt bewegt, die Augen rasch vom Buch nimmt und auf ihre winzige Armbanduhr richtet (dazu muß sie den Arm heben und ihn weiter ins Licht halten), gewinnt man den flüchtigen und vielleicht ganz falschen Eindruck, daß sie wie ein Mädchen aus dem Volk aussieht.

Jedenfalls haben ihre Seßhaftigkeit, ihr Schönheitskult (bei ihr mehr eine Funktion, die in ihre Zuständigkeit fällt wie bei einer Gewaltenteilung) und ihre Verpflichtung zu einer aufgeklärten Intelligenz auf einer Grundlage, die unwillkürlich reaktionär bleibt, sie vielleicht nach und nach verkrampft: haben auch sie, ebenso wie ihren Mann, ein wenig geheimnisvoll werden lassen. Und ist dieses Geheimnisvolle an ihr ebenfalls etwas arm an Dichte und Nuancen, so ist es doch um so heiliger und unumstößlicher (obwohl dahinter vielleicht eine zerbrechliche Lucia irrlichtet, das kleine Mädchen aus finanziell weniger gesicherten Zeiten).

Wir fügen dem noch hinzu: Sowie das Dienstmädchen Emilia kommt und meldet, daß angerichtet ist (und gleich wieder, finsteren Blickes, hinter dem Türrahmen verschwindet), steht Lucia träge auf, wirft das Buch träge an die am wenigsten dafür geeignete Stelle – vielleicht läßt sie es einfach auf den Boden fallen – und bekreuzigt sich hastig, gleichsam abstrakt.

5

Weitere Daten (IV)

Auch diese und die nächste Szene unserer Geschichte soll der Leser nur als Hinweis auffassen. Die Schilderung ist demnach nicht minuziös und in allen Einzelheiten festgelegt wie bei jeder beliebigen anderen traditionellen oder ganz einfach normalen Erzählung. Wir wiederholen, es ist keine realistische Geschichte, sondern eine Parabel; im übrigen befinden wir uns noch gar nicht mitten im Geschehen: Wir sind erst bei der Ankündigung.

Die Familie macht sich den schönen Sonnenschein zunutze und speist im Freien; die Kinder sind eben aus der Schule gekommen, der Vater aus der Fabrik. Nun sitzen sie gemeinsam bei Tisch. Das Villenviertel sichert ihnen ländlichen Frieden. Rings um das Haus ein Garten. Den Tisch hat man auf einen Platz in der Sonne gestellt, weit weg von Büschen und Bäumen, in deren Schatten es noch ein wenig kühl ist.

Hinter dem Garten verläuft die Straße, eigentlich die Landstraße – eine vorstädtische, immerhin herrschaftlich-vorstädtische –, die man nur bruchstückhaft erkennen kann, zusammen mit den Dächern anderer vornehmer und peinlich stummer Häuser und Villen.

Die Familie speist mit Andacht, und Emilia bedient. Emilia ist ein Mädchen ohne Alter, sie könnte ebensogut acht wie achtunddreißig Jahre alt sein: ein armes oberitalienisches Mädchen, eine in Apartheid lebende Weiße. (Aller Wahrscheinlichkeit nach stammt sie aus einem Dorf in der Bassa[1], unweit von Mai-

1 Bassa = »unterentwickeltes« Gebiet der Po-Ebene; im Italienischen ein fester Begriff. Anm. d. Übers.

land, aber noch ganz bäuerlich; vielleicht sogar aus der Gegend von Lodi, wo eine Heilige geboren wurde, die ihr ähnlich sah, die heilige Maria Cabrini.)

Es klingelt.

Emilia läuft zur Tür, um aufzumachen. Vor ihr steht Angiolino[1], den wir als siebente Person unserer Erzählung bezeichnen können oder, besser noch, als eine Art Joker. Denn etwas Verzaubertes ist an ihm: die dichten, bizarren Locken, die ihm über die Augen fallen wie bei einem Pudel, das drollige Gesicht voller Pickel und die halbmondförmigen Augen mit ihrem unerschöpflichen Vorrat an Fröhlichkeit. Es handelt sich um den Briefträger. Da steht er also, mit einem Telegramm in der Hand, vor Emilia, die wie er aus den gleichen sozialen Verhältnissen kommt, doch *nichts an ihm leiden mag*. Und statt ihr das Telegramm zu geben, zwinkert er ihr zu – strahlend vor überfließendem, zuckersüßem Lächeln – und deutet mit dem Kopf zum Garten, wo die Herrschaft speist. Dann läßt er die mit Schweigen gepanzerte Emilia stehen und rennt bis ans Eck der Villa; beobachtet von dort aus diejenigen, die das Essensritual der Reichen vollziehen, und sucht mit den Augen Odetta (der er aus purer Gedankenlosigkeit den Hof macht). Alsdann vergißt er Odetta samt allem anderen ebenso rasch, wie er sich zuvor an sie erinnert hat, kehrt mit Verschwörermiene zu Emilia zurück, schneidet ihr (die er in seine Verehrung für Odetta einbezieht) auch noch zwei lustige Grimassen, überreicht ihr endlich das Telegramm – und trollt sich wieder von dannen, läuft mit komischer, rastloser Eile zum Ausgang.

Emilia bringt das Telegramm der Familie, die immer noch im Sonnenschein schweigend ißt. Der Vater hebt den Blick von

1 Angiolino = Verkleinerungsform des männlichen Vornamens Angelo. Aber hier ist wohl auf die Doppelsinnigkeit zu achten, denn *angelo* heißt auch Engel, was besonders für die Kapitel 10 und 28 von Bedeutung ist. Anm. d. Übers.

seiner bürgerlichen Tageszeitung und öffnet das Telegramm, das lautet: »ANKOMME MORGEN« (der Name des Absenders ist durch des Vaters Daumen verdeckt). Offenbar haben sie alle auf das Telegramm gewartet, und so ist die Neugierde schon vor dieser Bestätigung verflogen. Folglich setzen sie unbeirrt ihr Essen im Freien fort.

6

Ende der Ankündigung

Im Haus unserer Familie ist überall Licht, obwohl erst Teestunde ist und der lange Sonnenuntergang noch seine Helligkeit aussendet, geschwängert vom Schweigen der Pappelreihen und der ebenen, grünen, wassergesättigten Wiesen. Da wahrscheinlich Sonntag ist, gibt man eine kleine Party, und die Gäste sind fast ausschließlich ganz junge Leute. Das heißt, Schulkameraden von Pietro und Odetta.

Aber es sind auch Damen anwesend, Mütter der jungen Leute. Bei diesem Durcheinander (in derlei Fällen immer etwas elegisch, weil dann die Menschen die jämmerliche und oft verhaßte Last der eigenen Person verlieren, abstreifen unter der Milde der Atmosphäre – der Atmosphäre, geschaffen aus elektrischem Licht und dem Sonnenlicht, das von der Bassa kommt) erscheint die neue und außergewöhnliche Person unserer Erzählung.

Außergewöhnlich vor allem an Schönheit: eine Schönheit so einzigartig, daß ihr Kontrast zu allen übrigen schon fast ein Skandal ist. Und selbst bei genauem Hinsehen würde man ihn für einen Fremdling halten, nicht nur wegen seiner hohen Gestalt und seiner blauen Augen, sondern auch, weil er so gar nichts Durchschnittliches, Durchschaubares, Ordinäres an sich hat, so daß man ihn auch nicht für einen Jungen aus einer kleinbürgerlichen italienischen Familie halten könnte. Man kann aber auch nicht sagen, daß er die unschuldige Sinnlichkeit und die Anmut eines Jungen aus dem Volk besäße ... Sozial gesehen, ist er also ein Rätsel, obwohl er sich all denen vollkommen anpaßt, die um ihn sind in diesem von der Sonne magisch beleuchteten Salon.

Schon seine Anwesenheit bei dieser völlig normalen Party ist also fast ein Skandal, ein Skandal allerdings, der noch erfreulich ist und in seiner Art noch ein ganz wohlwollendes Einhalten hervorruft. Eigentlich besteht sein Anderssein nur in der Schönheit. Und alle, ob Frauen oder Mädchen, mustern ihn – natürlich diskret, weil doch jeder hier die wichtigste Spielregel kennt, sich nie und um gar keinen Preis eine Blöße zu geben.

In diesem Rahmen diskretester Unverbindlichkeit erkundigen sich jetzt ein paar Freundinnen von Odetta oder einige jüngere Freundinnen der Mutter, wer denn dieser unbekannte Junge sei. Doch Odetta zuckt die Achseln. Und Lucia beschränkt sich auf ein paar ebenso unverbindliche Hinweise oder auch auf ein nichtssagendes Lächeln. Wir erfahren also nichts über ihn. Im übrigen ist das auch nicht nötig. Demnach bleibt diese letzte Angabe in unserer Ankündigung unvollständig und offen.

7

Des Herrschaftsgastes heiliger Sex

Ein Nachmittag im Spätfrühling (oder, in Anbetracht der Doppelnatur dieser Geschichte, im Frühherbst), ein stiller Nachmittag. Man hört undeutlich – und von weit her – die Geräusche der Stadt.

Die Sonne scheint schräg in den Garten. Das Haus ist durch Schweigen entfremdet; wahrscheinlich sind alle fort. Im Garten ist nur noch der junge Gast. Er liegt in einem Liegestuhl oder sitzt auf einem Rohrsessel. Er liest. Sein Kopf ist im Schatten, sein Körper in der Sonne.

Wie wir bald besser sehen werden – wenn wir den Augen folgen, die ihn betrachten, und dicht an ihn herankommen, bis an die Einzelheiten seines Körpers in der Sonne –, ist er in eine Studienbroschüre über Medizin oder Technik vertieft.

Die Stille des Gartens mit den ersten Trieben seiner Geranien (oder ersten fallenden Blättern seiner Granatapfelbäume), ganz im tiefen Frieden der unbeteiligten, tröstlichen Sonne, wird verletzt durch ein unangenehmes, monotones, überlautes Geräusch: Es ist der kleine handbetriebene Rasenmäher; er quietscht beim Hin und Her über die Wiese, und unverändert nimmt er sein stetiges unsicheres Quietschen immer wieder von neuem auf.

Es ist Emilia, die den Mäher vor- und zurückschiebt.

Emilia befindet sich am einen Ende des Gartens, hinten auf der glatten Rasenfläche, die von einem so kräftigen Grün ist, daß man fast davon geblendet wird; am anderen Ende, dicht beim Haus, unter Efeuranken, sitzt der Junge.

Hin und wieder bricht das übertrieben laute Geräusch des Mähers ab: Dann bleibt Emilia für ein paar Augenblicke kerzengerade stehen. Eindringlich sieht sie den jungen Mann an; und ihr Blick ist ganz sonderbar: als habe sie nicht den Mut, hinzusehen, und sei doch gleichzeitig so ihres Bewußtseins beraubt, daß sie sich ihrer Zudringlichkeit gar nicht schämt. Ihr Blick verdunkelt sich sogar, aber so, als sei sie selbst beleidigt von ihrer Zudringlichkeit.

Wie lange Emilia mit dem Rasenmäher hin- und hergeht, stehenbleibt, hinüberstarrt und dann wieder hin- und hergeht, gekrümmt und verschwitzt? Und wie lange der Junge, ihrer und auch der Tatsache nicht bewußt, daß er sie ignoriert, in seine Studienbroschüre vertieft ist? Lange. Vielleicht den ganzen Morgen – nämlich den kurzen Morgen im Tagesablauf der Reichen, wo zehn Uhr eine fast noch nachtschlafende Zeit bedeutet. Die Sonne klettert immer höher am ungetrübten Himmel, bis sie brennend heiß wird – im sengend-sommerlichen Frieden.

Emilia schiebt immer noch, wie eine Wahnwitzige, ungelenk ihren Rasenmäher. (Eigentlich ist das gar nicht ihre Aufgabe, sondern die des Gärtners. Aber sie hat die Zuständigkeit für den Rasen schon lange an sich gerissen, aus einer Art Rivalität zum Gärtner, denn sie ist eine Bauerntochter und kommt vom Lande.)

Der Junge merkt also nicht, daß man ihn betrachtet, so ganz und gar und beinahe unschuldig ist er in sein Buch vertieft – was in Emilias Augen schon fast ein geheiligtes Privileg darstellt. Und jetzt – vielleicht um sich ein wenig zu entspannen – liest er auch nicht mehr in seinem Studienmaterial, sondern in einem Taschenbuch Gedichte von Rimbaud. Und diese Lektüre fesselt ihn mehr als die vorige.

Der erste Blick des Dienstmädchens, das seine Arbeit unterbricht, ist rasch und flüchtig und kann daher die Gestalt des Gastes nur als Ganzes wahrnehmen, mit dem Kopf im Schatten und dem Körper in der Sonne.

Doch dann schärft sich ihr Auge und verweilt länger auf seinem entfernten und nicht reagierenden Objekt: Während sie sich mit dem Arm den Schweiß von der Stirn wischt, erforscht sie mit stumpfem Blick die Details jenes Körpers, der sich ihr dort drüben so in seiner Totalität und unbewußt darbietet.

Also werden ihre Bewegungen – dem Anschein nach bislang nur die trotzig-mechanischen eines einfachen Menschen – unverhüllt und fast betont monomanisch.

Mit anderen Worten, dieses Hin und Her während der unkomplizierten Verrichtung des Mähens verliert seine Natürlichkeit, den Sinn der Alltagsarbeit, und wirkt so fast veräußerlicht, wie eine obskure Absicht.

Ihr unentwegtes Starren auf den Gast hat jetzt in der Tat etwas Verdächtiges und Wahnwitziges. Und als hielte sie es nicht mehr aus (aber der Gast, in seine Lektüre vertieft, merkt es noch nicht – und ist schließlich, sozial und geistig, so meilenweit von Emilia entfernt), läßt sie am Ende – theatralisch – den Mäher mitten auf dem Rasen stehen und eilt beinahe laufend ins Haus zurück.

Sie durchquert Wohnzimmer und Küche und geht in ihr Kämmerchen: eng wie eine Zelle mit dem bescheidenen Komfort, den die Herrschaft ihr zugesteht, und mit ihren armseligen bunten Dingen. Und hier tut sie, was ganz normal erscheinen könnte; aber das alles ist so übererregt und so fehl am Platze, daß es absurd aussieht. Sie kämmt sich. Sie nimmt die Ohrringe ab. Sie betet (ein kurzes Gebet, halb Bigotterie, halb Ekstase). Nachdem sie ein Bildchen mit dem Heiligen Herzen Jesu geküßt und abermals geküßt hat, rafft sie sich wieder auf und verläßt das Zimmer. Sie geht – wiederum theatralisch – in den Garten und zu ihrem Rasenmäher zurück.

Und wieder setzt ihr monomanisches Zeremoniell mit dem Rasenmäher ein, hin und her über das Gras, und wieder mustert sie mit trübem, einfältigem Blick den Körper des Jungen.

Allmählich wird das Starren auf diesen Körper unerträglich. Und wütend rebelliert sie gegen die eigene Versuchung.

Noch einmal läuft sie davon, aber diesmal in einer Weise, die noch viel auffälliger ist: schluchzend, fast schreiend, als hätte sie einen hysterischen Anfall.

Sie zerstampft den Rasen wie ein tolles Schaf und läuft keuchend ins Haus zurück.

Wieder durchquert sie das Wohnzimmer, stürzt in die Küche und zieht mit heftiger, dabei aber ein wenig verträumter und irrer Bewegung den Gasschlauch heraus, als hätte sie gar die Absicht, sich umzubringen.

Diesmal mußte der Junge wohl oder übel auf sie aufmerksam werden und sich für sie interessieren. Er mußte das Weinen und das irre Schluchzen gehört haben, mußte die Flucht dieses Weibes bemerkt haben, das offenbar verlangte, von ihm gesehen und beachtet zu werden. Also folgt er ihr, fast laufend wie sie, und holt sie in der Küche ein. Und hier sieht er ihr exaltiertes Benehmen, diesen verrückten Protest. Er eilt ihr zu Hilfe. Er reißt ihr den Gasschlauch aus der Hand, will sie aufrütteln und trösten, sucht nach einer Möglichkeit, die aberwitzigen Folgen eines Schmerzes zu unterbinden, der nichts mehr kennt.

Er schleppt Emilia in ihr Kämmerchen und legt sie aufs Bett: Schon sind ihre Bewegungen und ihr Atem nicht mehr so konvulsivisch; und sie verlangt, beruhigt und getröstet zu werden.

Bei allem, was der junge Gast tut – wie er sie aufrichtet, mit ihr spricht, sie auf ihr armseliges Lager bettet –, hat er etwas eigenartig Beschützendes, fast Mütterliches; wie eine Mutter, die ihres Kindes Unarten kennt und sie in einer Art liebevollen Wissens vorausahnt.

Aber auch ein Hauch von Ironie liegt in diesem seinem Verhalten ihr gegenüber, in seinem Gleichmut ohne jede Verwunderung. Als ob der Wahnsinn dieses Weibes, ihre Schwäche, der plötzliche Zusammenbruch allen Widerstandes und demzufolge aller Würde – der Zusammenbruch der gesamten Welt von Pflichten – nichts anderes in ihm wachriefe als eine Art liebevoller Teilnahme, nun eben: mütterliches Zartgefühl.

Sein Benehmen und dieser Ausdruck in seinen Augen, der zu sagen scheint: »Es ist nichts von Bedeutung!«, werden noch offenkundiger, als Emilia (beglückt von seiner Zärtlichkeit und seinen Liebkosungen – und ihrem Instinkt blind gehorchend, der jetzt keine Hemmungen mehr kennt) fast unbewußt, in einer eher mystischen als hysterischen Eingebung, sich den Rock bis über die Knie hinaufschiebt.

Sie, die kein Bewußtsein, keine Worte und jetzt auch kein Schamgefühl mehr hat, kann sich nur noch so erklären; und dem Jungen, wie eine Flehende, etwas anbieten. Und gerade weil es so ungeheuerlich ist, hat dies alles die Reinheit und die Demut eines Tieres.

Wieder in seiner mütterlich-beschützenden und sanft-ironischen Art, zieht er ihr den Rock ein wenig herunter, als müsse er ihr Schamgefühl behüten, das sie vergessen hat und das doch alles für sie bedeutet. Dann streichelt er ihr Gesicht.

Emilia weint, weil sie sich schämt: Aber es ist nicht jene besondere Art von Weinen, das – auf kindliche Weise – als Befreiung kommt, wenn die Krise nach der Tröstung verebbt.

Mit den Fingern wischt er ihr die Tränen ab.

Sie küßt diese liebkosenden Finger mit der Ehrfurcht und mit der Demut einer Hündin oder auch einer Tochter, die des Vaters Hände küßt.

Nichts hindert ihre Liebe: Und der Junge legt sich über den Körper der Frau und erfüllt ihren Wunsch, von ihm besessen zu werden.

8

Erniedrigende Misere des eignen nackten Körpers und Offenbarung von Kraft am nackten Körper des Gefährten

Am Anfang des weißen Weges, der durch den grünen Rasen zur Villa führt, erscheinen oberflächliche, elegante Gestalten. Eine Dame in Lucias Alter und einige Mädchen, vielleicht ihre Töchter: und eine Unmenge Koffer und Taschen, alle aus dunklem, kostbarem Leder. Die Dämmerstimmung, dazu eine Sonne, die vielleicht durch entfernte Nebel dringt, verleihen dieser Ankunft etwas Schwereloses, Irreales: Dem widersprechen allerdings die naiven Ausrufe und Freudenbezeigungen, die sogar reiche und wohlgesittete Personen sich bei gewissen Anlässen erlauben. Zum Empfang der Gäste mit ihrem vielen Gepäck sind Lucia (fast schemenhaft in ihrer strengen Eleganz) und ihre Kinder herausgetreten. Jetzt begeben sich alle – aus dieser verwirrenden Stimmung im Freien, mit der allzu grünen Rasenfläche – durch den Eingang mit den glitzernden Scheiben hinein in die umhegte Atmosphäre der Villa.

Dieses Besuchs wegen kommt Emilia nach einer Weile – oder erst am Abend –, gebückt unter der Last eines großen (Herren-) Koffers, in Pietros Zimmer. Hier stellt sie den Koffer ab (mit respektvoller Behutsamkeit, denn er gehört dem Gast) und geht demütig wieder hinaus.

Der Gast und der Sohn des Hauses werden also in einem Zimmer schlafen. Und am Abend betreten sie es gemeinsam.

Pietros Zimmer ist der Raum eines Jungen, der zum jungen Mann wird. Es hat noch ein wenig das phantasievolle Aussehen eines Kinderzimmers für den Erstgeborenen einer bürgerlichen Familie (ist also nach dem Geschmack eingerichtet, den die Mütter ihren Kindern aufnötigen – um sich selbst dadurch modisch zu verjüngen, und somit wird das Nest kindlicher Träume zu einer Schaustellung von Fauvismus, Comics und amerikanischen Kinderhelden). Zugleich aber ist dieses Zimmer – sich wandelnd mit dem Heranwachsen des Sohnes – nicht mehr nur der Raum eines Kindes, sondern ebenso der eines jungen Menschen, wobei das Neue das Vorherige überlagert, wie sich etwa zwei verschiedene Stilarten an der Fassade einer Kirche überlagern. Der neue Stil ist recht nüchtern, elegant, sparsam, obwohl ein paar Möbelstücke aus dem Antiquitätenladen stammen.

Natürlich hat das Zimmer zwei Betten: das eine ein richtiges Bett, modisch und aus Messing, wahrscheinlich von der Mutter ausgesucht; das andere ist eine Schlafcouch, ebenfalls sehr elegant (und sogar noch etwas wertvoller, weil man ja nicht sehen soll, daß es ein Bett ist).

Die jungen Leute, der junge Mann und der Halbwüchsige, gehen also gemeinsam schlafen; schweigend, vielleicht auch etwas müde.

(Ist es der Abend vor oder nach der Begebenheit mit Emilia? Beides ist möglich – es hat keinerlei Bedeutung.)

Die zwei gehen also in das Zimmer. Vielleicht ist es schon spät. Mag sein, daß sie wirklich müde sind, mag sein, daß ihr Schweigen – und das ist am wahrscheinlichsten – auf die Scheu zurückzuführen ist, die sie empfinden; und bei Pietro kommt noch ein eigenartiges Unbehagen hinzu, als sie zusammen das Zimmer betreten und sich ausziehen, um ins Bett zu gehen.

Während sich der Gast – vielleicht hat er mehr Erfahrung, jedenfalls ist er der Ältere – mit ziemlicher Unbefangenheit bewegt, macht der andere einen verlegenen Eindruck und scheint in seinen Bewegungen irgendwie gehemmt, wodurch er übermäßig konzentriert, verdrießlich und eckig wirkt. Der junge Gast zieht sich vor dem Jungen aus, wie das ja natürlich ist: bis er ganz nackt und ohne jede Scheu dasteht, und er zeigt keinerlei Schamgefühl, wie dies bei zwei jungen Menschen desselben Geschlechts und etwa eines Alters meistens der Fall ist oder sein müßte.

Pietro, wir wiederholen es, zeigt eine übertriebene, unnatürliche Scham, was einerseits verständlich wäre (da er der Jüngere ist) und ihm andererseits sogar mehr Anmut verleihen könnte, wenn er wenigstens eine Spur von Humor dabei erkennen ließe und ein bißchen Ärger. Aber Pietro verfinstert sich. Sein blasses Gesicht wird fahl, seine ernsten dunklen Augen bekommen einen kläglichen, ja sogar erbärmlichen Ausdruck.

Um sich auszuziehen und den Pyjama überzustreifen, legt er sich unter die Zudecke und bringt diese so einfache Verrichtung nur unter großen Schwierigkeiten zustande.

Vor dem Einschlafen wechseln die beiden Jungen ein paar belanglose Worte; dann wünschen sie sich gute Nacht, und jeder ist in seinem Bett allein.

Der junge Gast – in seiner heiteren Gelassenheit, die freilich nicht verletzend ist für den, der sie nicht besitzt – sinkt augenblicklich in den geheimnisvollen Schlaf des Gesunden. Pietro aber kann nicht einschlafen; er liegt mit offenen Augen und dreht und wendet sich unter seiner Decke: Er tut alles, was ein Mensch tut, der an einer sinnlosen, beschämenden Schlaflosigkeit leidet, die wie eine unverdiente Strafe ist.

9

Der Offenbarung widerstehen

Ob viel Zeit vergangen ist?

Mitten in der Nacht ist Pietro immer noch wach, gefangen von seinen Gedanken, die ihn nicht schlafen lassen und die er wahrscheinlich selbst nicht entziffern kann.

Plötzlich steht er auf. Still und leise, aus Furcht, der Gast könnte aufwachen, ja, in höchstem Maße entsetzt bei diesem Gedanken; und bebend und bleich vor Angst, bei seinem Tun vielleicht überrascht zu werden, macht er im Zimmer ein paar Schritte auf den Gast zu und mustert lange dessen Gesicht, Arme und nackte Brust. Er beobachtet seinen ruhigen, männlichen, warmen Schlaf. So verharrt er, verloren und entfremdet, in dieser Betrachtung.

10

Angiolino: Er kommt und geht

Im Garten, an einem Tisch, von dem eine Decke mit länglichen rosa oder zart orangefarbenen Blüten bauschig herunterhängt, sitzen der junge Gast, Lucia und Odetta.

Der ausgedehnte Garten mit seinen großen Flächen von englischem Rasen, der Eingang zum Haus und die tieferliegende Straße sind auf einer einzigen Bildebene, sind eine einzige Ansicht auf gleicher Höhe.

Vor dem Garten auf Sichtweite links die äußerste, nebelverschwommene Peripherie mit weißen, tüllartig transparenten Fabrikmauern, rechts die Straße mit ihren starren, querstehenden, stummen Villen und Herrschaftshäusern.

Ringsumher stiller Friede, in dem Klänge voller Lebenslust und tiefer, innerer Süße mitschwingen.

In dieses mittägliche Beisammensein des Gastes mit Lucia und Odetta – die nicht sprechen oder allenfalls jene banalen Worte, die etwas ganz anderes, Dunkles und vielleicht Unaussprechliches bedeuten – platzt unvermittelt, in einem etwas absurden – und sicher eigenmächtigen – »Solo-Auftritt«, der Briefbote mit dem lockigen Haar, teils unschuldig, teils unverschämt, von der fernen Stadt wie durch ein Wunder hierhergeschickt. Er bringt die Nachmittagspost, nichts als unverschlossene Umschläge und Drucksachen, auf die keiner gewartet hat und die keiner öffnet.

Er kommt von der Landstraße mit den verschwommenen Koniferen, geht durchs Gartentor, hinter der Hecke entlang, wo er immer wieder auftaucht und verschwindet, und tritt dann unter den Hauseingang.

Jedermann hier weiß, daß er Odetta ein wenig den Hof macht: harmlos, nur um's zu tun, aus Instinkt, aus einem Hang zur Taschenspielerei.

Alle wissen es, und alle amüsieren sich darüber: ein kleiner nachmittäglicher Brauch.

Seine halbmondförmigen lachenden Augen dringen durch das spärliche Laub (Herbstrosen oder eben erst treibende Rosen) und vermitteln reine, einfache Freude.

Da steht er an der Tür, klingelt und sagt ein paar stumme Worte zu Emilia, die ihn nicht ausstehen kann und ihn böse, mit gesenkten Augen empfängt – und jetzt geht er wieder, singt und vergißt darüber sogar, zu Odetta hinüberzusehen, als wäre er angezogen vom Sonnenschein des täglichen Daseins, der über der fernen Stadt liegt.

11

Sich selbst zum Stein des Anstoßes ausersehen

Vielleicht ist es noch dieselbe Nacht, wo wir Pietro in Betrachtung des schlafenden Gastes verlassen haben. (Wir betonen zum letztenmal: Die Begebenheiten unserer Geschichte sind allgegenwärtig, in Raum und Zeit.)

Pietro liegt ausgestreckt in seinem Bett, aber er schläft immer noch nicht. Seine fieberhaften Gedanken halten ihn wach ... Er kämpft mannhaft, versucht, sich über das klarzuwerden, was ihn so unvermutet brutal aufwühlt.

Plötzlich steht er fast ruckartig auf, getrieben von jener geheimnisvollen Macht, die nachts in ihm erwachsen ist. Er steht auf, nein, er steht noch einmal auf. Und wieder tritt er bebend an das Bett heran, in dem der Gast schläft.

Wir sagten schon: Pietro besitzt alle Eigenheiten der bürgerlichen Mentalität und Schönheit. Ein wenig bleich ist er, und man könnte meinen, daß seine gute Verfassung nur auf seine gesunde Lebensweise zurückzuführen sei: Er treibt Gymnastik und allerlei Sport. Doch seine Blässe hat etwas Ererbtes – oder, besser, Unpersönliches – an sich. Und noch etwas anderes – die Menschheit, die Welt, seine soziale Klasse – ruft bei ihm diese Blässe hervor.

Seine Augen zeigen viel Intelligenz. Aber diese Intelligenz ist gleichsam verunreinigt durch eine intellektuelle Krankheit, von der er bestimmt nichts ahnt, wird sie doch kompensiert durch die Selbstsicherheit im Begreifen und Handeln, die ihm seine Geburt verliehen hat.

Also ist da von Anfang an eine Barriere, die ihn fatalerweise nicht begreifen und vor allem nicht zugeben läßt, was mit ihm vorgeht. Um seinen Verstand real oder realistisch zu gebrauchen, müßte er von Grund auf neu geschaffen werden. Sein wahres Leben lebt seine soziale Klasse in ihm. Er wird demnach nicht im Verstehen oder Eingestehen, sondern einzig und allein im Handeln die Realität erfassen können, die ihm sein bürgerlicher Sinn vorenthält; handelnd wie im Schlaf, oder richtiger: handelnd noch vor dem Entschluß.

Nun steht er zitternd am Bett des Gastes. Und als folge er einem Impuls, der mächtiger ist als er (und doch aus seinem eigenen Innern kommt) – derselbe Impuls, der ihn aus dem Bett getrieben hat –, tut er etwas, was zu tun oder auch nur zu wollen ihm noch vor ein paar Augenblicken nie und nimmer eingefallen wäre.

Mit aller Behutsamkeit streift er die dünne Decke vom nackten Körper des Gastes, läßt sie über dessen Gliedmaßen heruntergleiten. Seine Hand zittert dabei, aus seiner Kehle dringt beinahe ein Wimmern.

Doch bei diesem Tun, das den Gast bis auf den Unterleib entblößt, wacht dieser plötzlich auf. Er sieht auf den gebückten Jungen, der etwas so Absurdes an ihm tut, und sofort sind seine Augen erfüllt von jenem Leuchten, das wir schon an ihm kennen: ein väterliches Leuchten voll mütterlicher Vertrautheit . . . verständnisvoll und sanft-ironisch zugleich.

Pietro nimmt seine Augen vom Unterleib, der schon bis zur ersten Behaarung aufgedeckt ist, und begegnet diesem Blick. Er hat gar keine Zeit, ihn zu begreifen: Er ist blind vor Scham und Entsetzen. Weinend und das Gesicht verdeckend läßt er sich auf sein Bett fallen und vergräbt den Kopf ins Kissen.

Nun steht der Gast auf, setzt sich zu Pietro auf den Bettrand. Eine Weile sieht er regungslos auf dessen vor Schluchzen bebenden Nacken, dann – mit der Kameradschaftlichkeit eines Gleichaltrigen – streichelt er ihn.

12

Nur ein Ehebruch?

Der Gast ist dort drüben, weit weg und allein zwischen den Sumpfpflanzen, vor dem lichten Gehölz, das gerade erst austreibt.

Aber es ist warm wie im Spätfrühling: Und schon erinnert man sich ans tiefe Schweigen und an die heißen, wohligen Nachmittagsstunden des Sommers. Und auch die uralten Nachmittage vergangener Jahrhunderte kommen einem in den Sinn (kaum wahrnehmbar, aber doch deutlich ein Mittagsläuten). Das Geäst, noch kahl oder frisch überzogen vom Grün der ersten Blättchen, das ins Rostrote, Blutrote, Trauriggelbe hinüberfließt, wirkt freilich noch wie ein erster Flaum; aber man spürt, daß dies keine nachgebildete, sondern eine vermutete Natur ist, hinter den steinernen Kulissen romanischer Taufkapellen, massige, mächtige Symbole des tagtäglichen Lebens an den Zuflüssen des Po, erwärmt, ja, von einer solchen Sonne und gesäumt von so zerbrechlichen, opalisierenden Wäldchen.

Der junge Gast ist halb entblößt: Im Spiel mit seinem Freund, dem Hund, läuft er am Ufer eines sattgrünen Tümpels entlang, einem »toten Arm« des Ticino. Der Gast ist in bester Laune und voll von Kraft und Übermut wie ein kleiner Junge, während er so hin- und herläuft oder mit einem Stock ins Wasser springt, was seinen Freund, den Hund, vor Glück ganz närrisch macht.

Lucia sieht dem Gast zu, wie er jetzt dort drüben, vor einem Abhang am Wald, sein Spiel treibt. Sie sitzt auf einer Art Erdwall; hinter ihr eine sonnenbeschienene Wiese, an deren Ende, auf schlanken Pfählen, ein großes Wochenendhaus steht. Von ihrem erhöhten Platz aus – die Stelle ist wegen ihrer ausgesuchten Wildnis jedem unerwünschten Blick weit entrückt – beobachtet Lucia lange und ausdruckslos den spielenden Jungen. Ihre Ausdruckslosigkeit ist die eines Menschen, der intensiv mit Berechnungen beschäftigt ist, die immerhin, einem gewissen Aufleuchten ihrer Augen zufolge, kurz vor dem Abschluß zu stehen scheinen; das Resultat für den Augenblick: Sie geht quer über die Wiese und verschwindet langsam im Wochenendhaus.

Hier, im Dämmerlicht, sieht sie sich aufmerksam um. Eine Nische mit schwerem Vorhang. Die wohlhabende Mailänder Familie hält sich hier ein fast unmöbliertes Haus: eine elegante Bleibe, doch eher unbequem zu bewohnen. Der Vorhang steht offen, man erkennt in der Nische ein schmales Bett mit dicken, dunklen Decken darauf. Im indirekten Licht, das durch die geschlossenen Fensterläden dringt, leuchten auf den dunklen Decken die Kleidungsstücke des Jungen, sommerliche, fast ausschließlich helle Sachen.

Lucia steht lange davor und betrachtet sie, in ihren Augen jene hastigen und komplizierten Überlegungen, die sie ganz gefangennehmen: wie vorhin beim Anblick des Jungen, der vor dem Wäldchen sein Spiel trieb.

Dann, ganz langsam und ruhig – und jenes gewisse Leuchten in den Augen, das nichts anderes zu sein scheint als das positive Ergebnis besonnener Überlegung –, geht sie auf die Kleidungsstücke zu, die, willkürlich über das Bett verstreut, in ihrem Weiß fast grell aufleuchten. Sie sinkt, sie kniet vor sie hin.

Da liegen das leichte Strick- oder Stoffhemd des Jungen und sein Unterhemd; da sind seine Schuhe, seine Uhr, sein Slip, seine Hose.

Und Lucia betrachtet sie.

Unschuldig, wie preisgegeben liegen die Kleidungsstücke vor ihren Augen.

Sie zu betrachten ist leicht, weil sie sich in keiner Weise dagegen sträuben: Sie bieten sich sogar in allzu großer und allzu wehrloser Demut dar.

Der Slip ist zusammengeknautscht wie ein Lappen; die Hose liegt ausgespreizt auf der groben Decke, als bekleide sie einen Mann, der breitbeinig in tiefen Schlaf gesunken ist; das Unterhemd hat ein fast unnatürliches, allzu reines Weiß. Und schließlich wirken diese Kleidungsstücke fast wie Reliquien von jemandem, der für immer gegangen ist.

Vielleicht bei diesem Gedanken – ›er ist für immer fort, seine hier zurückgelassenen Kleidungsstücke bezeugen es‹ – verspürt Lucia einen Stich im Herzen; und sie unterläßt nicht, sich ans Herz zu fassen oder auch schmerzlich den Mund zu verziehen (wie in sehnsuchtsvollem Verlangen: Verlangen nach etwas, was man verloren hat, ohne es je besessen zu haben).

Oder vielleicht ist dieses beharrliche Betrachten so banaler Dinge für sie auch fast schon eine Offenbarung. Und sie begreift plötzlich, wer – jetzt, da er nicht anwesend ist – derjenige ist, der sie benutzt, der sie mit seinem Körper erwärmt und jetzt, wohl ohne Absicht, hier hat liegenlassen, um Zeugnis von sich zu geben.

Ganz allmählich verlieren Lucias Augen den Ausdruck indifferenter Betrachtung und füllen sich mit Zärtlichkeit. Natürlich sind dies die Kleidungsstücke eines jungen Menschen, der ebensogut ihr Sohn sein könnte: Die Zärtlichkeit, die sie in ihr hervorrufen, ist folglich eine Art mütterlicher Fetischismus.

Sie nimmt sie in die Hand, mustert sie, streichelt sie vielleicht: Ihre Hand gleitet schamlos-natürlich auch über die Stellen an den Kleidungsstücken, über die sie niemals gleiten könnte, wenn sie angezogen wären. Viele Male wiederholt sie diese Gebärde, ohne dabei würdelos zu erscheinen: wie eine Mutter, die sich der Wunden ihres Sohnes annimmt. Doch diese stets wiederholten Bewegungen verwirren ihr nach und nach die Sinne. Jetzt ist sie wie Pietro besessen von einem Traum, der im eigenen Innern entstanden ist und der nicht begriffen, nicht eingestanden wird. *Um ihn zu realisieren, muß auch sie handeln, bevor sie sich entschließt* ... Sie geht wieder zur Tür hinaus. Sie sieht wieder auf den Jungen, der dort unten herumtollt im Unterholz, das durch zuviel Licht jegliche Farbe verloren hat.

Im Schweigen des Mittags hört man laut das Bellen des Hundes Barbìn.

Die Frau sieht auf den Jungen in der Ferne, und ihr Blick wird immer verlorener: Was sie jetzt in ihrem Innern bewegt, ist keine Berechnung mehr, sondern eher ein Gebet. Wie unter Zwang kehrt sie um und steigt die Außentreppe hinauf zur kleinen Terrasse des Wochenendhauses. Und da legt sie sich hin – auf den dunklen Holzfußboden –, wie sie es gewiß jeden Tag macht. Aber heute hält sie es nicht aus, so eingeklemmt zwischen dem nackten Fußboden und dem unmöglichen Himmel. Sie richtet sich auf den Knien auf, beugt sich übers Geländer, sieht wieder zum Unterholz, zu dem Jungen hinunter.

Er ist immer noch da, unerreichbar, und spielt und schwimmt und läuft zwischen Baumstämmen und Buschwerk umher.

Da streift sich Lucia langsam den Badeanzug ab, und nun ist sie nackt auf der Terrasse, hinter dem kleinen Geländer. Nackt hier oben zu sein, um möglichst früh mit dem Sonnenbaden beginnen zu können, ist für sie wahrscheinlich auch tägliche Gewohnheit. Und nackt sieht sie wieder auf den Jungen, der gar nichts davon merkt, so beschäftigt ist er mit seinem Herumtollen im gleißenden Licht.

Bis der Augenblick kommt, wo er, des Spielens und Badens überdrüssig, zum Wochenendhaus zurückgeht, wenn auch langsam und immer noch scherzend mit seinem Freunde, dem Hund. Seine Rückkehr bedeutet offenbar, daß er ein wenig mit ihr zusammensein will – plaudern oder jeder vor einem Buch.

Da greift Lucia mit einer raschen, fast schroffen Bewegung nach ihrem Badeanzug, als wolle sie ihn anziehen. Aber dann erscheint wieder dieses Leuchten der soeben abgeschlossenen Berechnung in ihren Augen, die auf die roten Ziegel der Terrasse starren. Der Entschluß, nackt zu bleiben und sich ihm nackt zu zeigen, war ja schon vorgefaßt: mit der gleichen, fast hysterischen Naivität und der gleichen Willfährigkeit eines empfindungslosen Tieres, die bereits Emilias oder Pietros Entscheidung, ein paar Tage zuvor (oder danach), ausgelöst hatten.

Anders als Emilia kämpft sie selbstverständlich gegen diesen Entschluß an: Ehrgefühl und Scham – denn ihre Gesellschaftsklasse lebt in ihr – wollen ihr natürliches Übergewicht wiedererlangen; also muß sie sich wehren gegen dieses Ehrgefühl und diese Scham. Und, noch einmal: Will sie die Schranken ihrer Erziehung und ihrer Welt überwinden, muß sie handeln, ehe sie begreift.

Unversehens knüllt sie den Badeanzug zusammen und steht auf und wirft ihn über das Geländer der Terrasse hinunter, in die dem Tümpel entgegengesetzte Richtung, zum Wald hin. Sie sieht ihn da unten liegen, unerreichbar zwischen Gras und stachligem Gestrüpp: Daß er dort liegt, hat eine tiefere Bedeutung, sein Verlust und seine Regungslosigkeit sind von der gleichen ausdrücklichen Vehemenz, wie sie Dinge in Träumen besitzen.

Nun ist Lucia nackt: *Sie hat sich dazu gezwungen.* Sie kann es nicht bereuen und kann es nicht rückgängig machen. Sie wendet sich um: Der Junge geht jetzt über die mit Grasbüscheln gesprenkelte Erdfläche vor dem Wochenendhaus. Sie sieht ihn. Und sie sieht, wie er ins Haus tritt, wie er wieder herauskommt, wie er sich suchend umblickt, wie er sie schließlich ruft.

Sie zeigt sich, als armes Opfer, gerade ein wenig über dem Geländer und ruft: »Hier bin ich!« Er wendet sich ihr zu, lächelt sie an mit der ganzen Unschuld und Natürlichkeit seiner Jugend: und steigt behende die schmale Treppe zur Terrasse herauf. So steht er dann dort gegen den Himmel, und seine Augen sehen sie sofort.

Lucia hält nur einen Atemzug lang diesem Blick stand, der gerufen und gewollt ist – aber nicht länger.

Der von ihr selbst in Gang gesetzte Mechanismus läßt zu, daß sie sich vor ihm schämt. Rasch drängt sie sich ans Geländer, verdeckt ihren Schoß mit dem Knie und ihre Brust mit den Armen.

Die Freude darüber, daß sie sich von diesem Blick vergewaltigen läßt, daß sie sich aus freien Stücken selbst entehrt und erniedrigt hat, begegnet einem Schamgefühl, das den Umständen angemessen und legitim sein könnte: überrascht worden zu sein, während sie in aller Unschuld auf der Terrasse ihr Sonnenbad nahm. Sie spielt diese Rolle mit Fleiß und Trotz wie ein kleines Mädchen. Aber, um ehrlich zu sein, sie spielt sie schlecht. Zeigt sie nämlich eine übermäßige, echte Scham überraschter Unschuld – das hat sie begriffen –, könnte der Gast seinen göttlich-erniedrigenden Blick von ihr wenden und gar mit einer Entschuldigung wieder gehen. Die echte Scham, die sie empfindet – und unterdrückt –, und die falsche Scham, die sie vortäuscht, muß sie also nach bestem Vermögen noch mit Koketterie verbinden, die nur zu bald die rührselige Ungeschicklichkeit und zwielichtige Schamlosigkeit einer Aufforderung annimmt: dummes Lächeln eines Vamp in den verirrten Augen, die bald jede Heuchelei aufgeben und sich verzweifelt an den Jungen hängen.

Aber er ... er hat wieder seinen natürlichen, verständnisvollen Blick, der vielleicht einen Hauch von Ironie enthält und zugleich die große, sanfte, schützende Kraft des Mannes. Er tritt zu ihr hin, die sich immer dichter ans Geländer drängt, sich zu verbergen sucht, den Kopf sinken läßt. Er beugt sich über sie und streichelt ihr Haar: Und unter dieser Liebkosung wagt Lucia, die Augen zu ihm aufzuschlagen, mit einem kläglich bettelnden Blick.

13

Von der zweiten Unterweisung eines bürgerlichen Jungen

Der junge Gast sitzt neben Pietro in dessen Zimmer und blättert in einem großen Bildband mit leuchtenden Dreifarbendrucken; das Nachmittagslicht knallt auf die Kunstdruckblätter. Pietro betrachtet diese bunten Reproduktionen einer Malerei, die ihm unbekannt ist und die er bislang, wohl unter dem Einfluß seines Kunstgeschichte-Lehrers im Parini, wahrscheinlich nicht beachtet oder abgelehnt hat. (So liegt in seinen Augen die Aufmerksamkeit dessen, der nach anfänglichem Mißtrauen fast dankbar etwas Neues entdeckt.)

Das Bild, das die beiden Jungen vor Augen haben, weist kräftige und reine Farben auf: Bei genauem Hinsehen erscheint es wie ein Gitter von Konturen, die leere Flächen aussparen, gebogene Dreiecke und Rechtecke (als seien sie über eine Wölbung gespannt). Und in diese leeren Flächen sind die reinen Farben gesetzt, nämlich ein Preußischblau und verschiedenes Rot. Die Farben sind pur, wenn auch sehr dezent, fast gedämpft; fast verschleiert unter einer alten Patina. Denn das Papier, auf das dieses Aquarell oder diese Tempera gemalt wurde – wenn auch mit der Nuanciertheit und der Tiefe von Ölbildern –, ist vergilbt; erbärmlich vergilbt; so daß man den Geruch von Altem, von Abgestandenem, von Bibliothek wahrzunehmen glaubt. Obwohl in solcher Weise absurd, frei und erregend, ist das Bild doch von einem inneren Ernst, und seine reinen Farben sind nicht diejenigen der Fauves. Was für ein Bild mag es sein? Gewiß stammt es aus der Zeit zwischen 1910 und 1920. Aber es gehört nicht der prunkhaften Manier des

Kubismus an. Dünn ist es, ungewöhnlich dünn. Vielleicht Futurismus, doch sicher nicht der dynamische und sinnliche der Italiener. Etwas Naives und Volkstümliches oder auch Kindliches an ihm könnte an den russischen Futurismus denken lassen, vielleicht an einen der weniger bekannten Maler, einen Freund von Eisenstein, Schklowski oder Jakobson, einen, der in Moskau und Petersburg tätig war; oder womöglich in Prag als Kubist. Aber nein, da ist ja die Signatur: Lewis, ein Freund Pounds, ein Amerikaner aus der Zeit der Imagisten. Ein graphisches Bild mit kolorierten Flächen, im Aufbau wie eine perfekte Maschine und so rigoros, daß es die Malerei bis auf die Knochen bloßlegt.

Fast zur gleichen Zeit nehmen Pietro und der junge Gast ihren Blick von dem Bild und sehen sich an: in jenem geheimnisvollen Einverständnis, das während der Nacht zwischen ihnen erwachsen ist . . .

Doch ihre Zweisamkeit wird durch Rufe von draußen unterbrochen: die Stimmen von Jungen, frisch und ein wenig ordinär.

Pietro und der Gast geben die Vertrautheit – über ihren Knien das kupplerische Buch – ihrer nebeneinander sitzenden Körper auf und gehen hinaus in den Garten. Sie treten an den Zaun und sehen auf der Straße eine Schar von Freunden und Kameraden aus Pietros Schule.

»Wir kommen gleich!« rufen sie und rennen durch den Garten zum Tor.

14

Umerziehung zur Ordnungswidrigkeit und zum Ungehorsam

Die beiden Jungen, Pietro und der Gast, spielen zusammen mit den andern, Pietros Schulfreunden (wahre Musterexemplare für das Leben im Parini), auf einem Sportplatz Fußball. Die Luft ist so klar, wie es der lombardische Himmel überhaupt zuläßt (und man hört sogar ein Läuten von alten Glocken aus den Dörfern im Norden). Und das Leben sieht aus, als enthielte es keine Fallen, Hindernisse, Widerwärtigkeiten, Gemeinheiten. In dieser reinen Atmosphäre gleitet es dahin wie Öl. Nämlich das Leben des jungen Pietro.

Wie von einer unbewußten Euphorie erfüllt, spielen er und seine Freunde vor einem Tor, ohne sich dabei sonderlich anzustrengen. Sie haben ihren Spaß am Spiel um des Spieles willen: Auch diejenigen, die gar keine Fußballer sind, freuen sich über ein paar kleine Tricks an diesem Morgen ihrer Jugend.

Wie das zuweilen vorkommt, hat Pietro, obwohl aus sehr reichem Hause, kein Geld gehabt, um sich aufs beste für den Fußball auszustatten: Turnhose und Trikot sind wie aus einem billigen Kaufhaus, und die Fußballschuhe (das scheint bei ihm schon Tradition zu sein) schmerzen ihn wegen irgendeines Nagels, der durch die Sohle dringt. Schließlich begibt er sich humpelnd und etwas widerwillig an den Rand des Spielfeldes, um sich den Schuh auszuziehen und ihn zu untersuchen. Doch kaum daß er da auf dem sauberen Gras sitzt – ringsum die Aschenbahn, die weißen, makellosen Wände und, weiter weg, das graue Amphitheater der Peripherie –, überkommt ihn eine Art Seligkeit. Weder sieht das Auge ein Hindernis, noch stößt das Leben hier auf irgendeinen Widerstand. Er legt sich auf den Rücken. Und bald wird dieser Augenblick des Friedens zu Einsamkeit und Entfremdung.

Auch der Gast verläßt die Gruppe der Spieler – mit ihren schon alten Jungengesichtern –, geht zu Pietro und setzt sich neben ihn. Und die beiden Freunde nehmen ihr Gespräch über Literatur und Malerei wieder auf, wobei sie mit Freude auch hundertmal dasselbe sagen, stolz wie sie sind auf ihr Rebellieren gegen alles Herkömmliche und ganz erfüllt von einer reinen, tiefen Leidenschaft – *wie man sie im Leben nur einmal hat*.

15

»Die man als erste liebt ...«

Die man als erste liebt,
sind die Dichter und Maler der vorigen Generation
oder vom Beginn des Jahrhunderts; in unserm Innern
treten sie an die Stelle der Väter, doch sie bleiben
jung wie auf ihren verblichnen Fotografien.
Dichter und Maler, für die bourgeois sein nichts Schändliches war ...
Söhne, mit Vigogne bekleidet und Filz ...
oder einer armen Krawatte, die nach Aufruhr schmeckte oder nach Mutter.
Dichter und Maler, die berühmt wurden
um die Mitte des Jahrhunderts,
daneben ein unbekannter Freund von großen Gaben,
doch, vielleicht aus Furcht, für die Poesie nicht tauglich
(ein echter Dichter, vor der Zeit gestorben).
Straßenpflaster von Wien oder Viareggio! Uferpromenaden
von Florenz oder Paris!
Zum Widerhall erweckt von diesen
grobbeschuhten Sohnesfüßen.
Des Ungehorsams Windstoß duftet nach Zyklamen
über die Städte, die den jungen Dichtern zu Füßen!
Junge Dichter, sie plaudern
nach einem Trunk ordinären Biers,
unabhängige Bourgeois
– abgestellte Lokomotiven, doch unter Feuer,
genötigt, für eine Weile auf totem Gleis

sich der Jugend Mangel an Eile wohl sein zu lassen:
Überzeugt sind sie, die verfaulte Welt ändern zu können
mit einem leidenschaftlichen Wort und dem Tritt der Rebellen.
Die Mütter, gleich Vogelmüttern, verweben
in der engen Bürgerwohnung
den Jasmin der Luft
mit dem Sinn des ureignen Lichts einer Familie
und ihres Platzes in einer Nation voller Feste.
Also hallen die Nächte nur wider vom Schritt der Jungen.
Zahllos sind die Schlupflöcher der Schwermut,
zahllos wie die Sterne,
ob in Mailand oder in andern Städten,
auszudünsten ihren Hauch eines feurigen Ofens.
Die Bürgersteige ziehen sich vor Häusern aus dem Settecento,
verwitterte Häuser mit heiligen Schicksalen
(die Straßen sind vom Dorf, das zur Industriestadt geworden),
und einem fernen, romanischen Ruch nach eisigem Stall.
So erfahren diese blutjungen Dichter das Leben.
Und haben sich zu sagen, was auch die andern sich sagen,
die blutjungen Nicht-Dichter (die geradeso Herr übers Leben
und über die Unschuld),
und deren Mütter singen
an den winzigen Fenstern der Hinterhöfe
(stinkende Schächte den ungesehnen Sternen).
Wohin sich jene Schritte doch verloren!
Mit einer kurzen Seite ernster Memoiren ist da
gar nichts getan – möglich, daß ein Dichter, der kein Dichter,
oder auch ein Maler, der kein Maler,
vor oder nach dem Krieg gestorben in einer
der legendären Durchgangsstädte[1],
diese Nächte wahrheitsgetreu in sich verwahrt.

1 Diese Stelle bezieht sich zum einen auf historische Truppendurchzüge, zum andern darauf, daß viele Dichter wenigstens einmal in

Ach, diese Schritte – von Söhnen
aus den besten Familien der Stadt (jener,
die das Schicksal der Nation verfolgen
wie eine Herde von Tieren
auf ihrer Wanderung die Gerüche:
Aloe, Zimt, Zuckerrübe, Zyklamen) –
diese Schritte der Dichter
und ihrer Malerfreunde, die das Straßenpflaster treten
und reden, reden . . .
Doch das ist nur ein Schema, und die Wahrheit ist anders.
Von neuem schaffen sollst du, Sohn, jene Söhne.
Und wenn du sechzehn bist, sehn dich nur nach ihnen.
Aber gleich schon sollst du wissen,
daß vor dir noch keiner Revolution gemacht;
daß die alten oder toten Dichter und Maler,
obwohl du ihnen den Glanz von Helden gibst,
dir nichts nützen, dich nichts lehren.
Freu dich deiner ersten, naiven und trotzigen Erfahrungen,
schüchterner Bombenleger, Herr der freien Nächte,
doch merk dir, du bist nur da, gehaßt zu werden,
umzustürzen und zu töten.

ihrem Leben und wenigstens auf der »Durchreise« in diesen Städten gewesen sind – und sie wie eine Legende in Erinnerung behielten. Anm. d. Übers.

16

Nun der Vater

Der Vater leidet fürchterlich in seinem zerwühlten Bett. Anfangs war der Schmerz noch nicht in sein Bewußtsein gedrungen: Also schlief er weiter – nichts als ein Herumwälzen im Schlaf, dem er offenbar zu entkommen suchte. Doch nach einer Weile wacht er auf. Erst allmählich wird ihm klar, daß kein Alpdruck, sondern ein echter körperlicher Schmerz ihn quält.

Der Entschluß, aufzustehen, kostet ihn Mühe. Und leise, um Lucia nicht zu wecken, verläßt er das Zimmer.

Draußen tastet er sich durch die dunkle Diele vorwärts bis zum Bad.

Hier ist der Fensterladen offen: Durch einen Vorhangspalt bricht das Licht herein, blendend und stetig, als sei es am frühen Morgen bereits Mittag. Demütig und erhaben. Aber diese wunderbare Sonne – nur *durch Zufall* verbreitet sie sich in der weißen und gemeinen Örtlichkeit, und zwar mit der gleichen Unschuld, mit der sie am Himmel oder zwischen den Dingen der Natur erstrahlt – wird in den ersten Augenblicken vom Vater gar nicht wahrgenommen: Er ist von ihr nur unangenehm geblendet, oder er empfindet sie als etwas, was sein Leiden bis zur Bewußtlosigkeit steigert.

Überstürzt läßt er sich nieder, die Augen mit der Hand verdeckend, um das Übel loszuwerden; und über ihm, der keine Kraft mehr hat, den Kopf aufrecht zu halten, strahlt – durch das kleine Badezimmerfenster – die gleißende Sonne immer noch herein von dem kleinen, sauberen, heiteren Gartenstück her, das man durch den Vorhangschlitz erkennen kann.

Erst als der Vater sich ein wenig erleichtert fühlt, nimmt er das Wunder dieser Helligkeit in sein Bewußtsein auf.

Seine Hand, noch immer wie abgetrennt von seinem Willen, klammert sich unsicher ans Fensterbrett, fingert an der Scheibe herum und schiebt den Teil des Vorhangs auf, der noch zugezogen ist vor diesem tröstlichen und erstaunlichen Ding, dem zu dieser Stunde noch nie geschauten Licht.

Jetzt ist fast der ganze Garten hinter dem Haus zu sehen; die große grüne Rasenfläche und dahinter eine Gruppe von Lorbeerbüschen und Birken; ein stiller Winkel in der Welt, aufgespürt von dieser milden, durchdringenden Sonne: Keiner sieht sie, keiner erfreut sich ihrer.

Der Vater (er tut jetzt etwas, was er noch nie im Leben getan hat) tritt vom Fenster weg, verläßt das Bad, taucht wieder in das traurige Halbdunkel des Hauses, tastet sich hindurch (immer noch quälen ihn die Schmerzen), öffnet schließlich die große Glastür und tritt in den Garten.

Während er so über das nasse Gras läuft und die Pflanzen betrachtet, legt sich über sein Gesicht, das von der Sonne angestrahlt wird – rosiges, lauteres Licht –, ein fassungsloses, beinahe theatralisch anmutendes Lächeln, so groß ist der Zauber. Und seine Schritte sind wie die eines Fremden an einem völlig unbekannten Ort.

In der Tat sieht er die Bäume zum ersten Mal von einem Licht beschienen, das allen Vorstellungen seiner Erfahrung widerspricht. Diese Bäume scheinen Leben und Bewußtsein zu haben: bewußte und – zumindest in diesem Frieden, in dieser Stille – brüderliche Wesen. Gleichgültig gegenüber dem Licht, das sie anrührt wie ein Wunder der Natur, ist es, als begnügten sich der Lorbeer, der Ölbaum, die kleine Eiche und weiter drüben die Birken mit einem einzigen Blick, um diese Aufmerksamkeit mit unendlicher und ewig schon währender Liebe zu vergelten: Und sie sagen das, sie sagen das buchstäblich und ganz einfach mit ihrem lichtvergoldeten und lichtbelebten Dasein, das sich wortlos, nur durch sich selbst, zum Ausdruck bringt. *Ein Dasein, das keine Bedeutung hat und doch Offenbarung ist.*

Nun gibt es augenscheinlich keinerlei Beziehung zwischen den Wundern der Offenbarung und all dem andern, was man so im Leben treibt. Und doch – vielleicht, weil diese wenigen Minuten des Umherstreifens im Garten zu dieser Stunde für ihn etwas ganz Außergewöhnliches sind – ist der Vater nicht imstande, die Situation noch länger zu verkraften und der betörenden Liebe der Sonne auf die Dauer zu widerstehen. In seinem dünnen Pyjama erschauert er schmerzlich vor Kälte, seine Füße sind naß vom Tau, die Leibschmerzen melden sich wieder.

Und so – immer noch das erstaunte, karge Lächeln auf den Lippen – geht er ins Haus zurück.

17

Alles ein Wunder wie das noch nie gesehene Morgenlicht

Der Vater hat den Garten seinem Licht überlassen und tastet sich jetzt auf umgekehrtem Weg wieder durchs Haus zurück, bis er in die Diele kommt, in der ein kümmerliches elektrisches Licht brennt. Einer plötzlichen Eingebung folgend, bleibt er vor der Zimmertür des Sohnes stehen.

Wieder ist es etwas Mechanisches, Wunderliches, was ihn treibt: eine Art Neugierde, die er nie gekannt hat und sich auch nicht erklären kann. Leise und behutsam wie ein Dieb öffnet er die Tür.

Jenes Licht, das seine Aufgabe ohne Beziehung zu den Dingen der Welt doch noch nicht ganz erfüllt hat, dringt gefiltert durch die Lamellen des großen Fensterladens und modelliert den Gast und den Sohn des Hauses, die zusammen in einem Bett schlafen.

Der Schlaf verleiht ihnen ein unordentliches Aussehen, das doch voller Frieden ist. Ihre halb aufgedeckten Leiber halten sich umschlungen, aber der Schlaf trennt sie; ihre Glieder sind warm von intensiver, blinder Vitalität, obwohl in ihnen kein Leben zu sein scheint.

Der Vater sieht lange und gerührt auf dieses Bild, dem er keinen Sinn zu geben vermag – und das doch irgendwie auch eine Offenbarung ist.

Schließlich löst er sich von dem Anblick; leise, wie ein Dieb, schließt er die Tür und kehrt in sein Schlafzimmer zurück.

Lucia schläft ihren leichten Schlaf. Des Vaters Bett ist abstoßend unordentlich. Er legt sich hinein, kann aber nicht wieder einschlafen. Irgend etwas, was keinen Namen hat, sondern nur eine unerträgliche Klarheit, läßt ihn mit offenen Augen grübeln, vielleicht über ein Leben, dessen Sinn, nachdem es völlig durcheinandergeraten, im ungewissen bleibt. Was soll er damit anfangen?

Plötzlich, wie von einer verrückten Ungeduld gepackt, rüttelt er Lucia wach.

Sobald sie imstande ist, etwas zu begreifen, will er – und er hat jede Scheu vor der Sinnlosigkeit und Lächerlichkeit über Bord geworfen –, daß sie sich lieben, und zwar sofort; er besteht darauf.

Lucia weiß noch gar nicht, wie ihr geschieht – da ist er schon über ihr, stur wie einer, der blindlings voranstürmt: Mag sie denken, was sie will. (Aber die entsetzte Lucia ist schon ganz gefangen und gelähmt von einer Frage, die von nun an über ihrem ganzen zukünftigen Leben stehen wird – von etwas, was im Augenblick, da es sich ereignet, unwiderruflich zu sein scheint – von einem neuen Licht, das die Vergangenheit ohne jeden Schatten von Einsicht und Erbarmen beleuchtet.)

Sich an ihren Leib pressend und sie mit lächerlichem Ungestüm auf Mund und Hals küssend, will er sich blindlings und rücksichtslos, wie viele andere Male, auf den Liebesakt vorbereiten. Aber dann muß er sich, bebend, geschlagen geben, so ausgezehrt haben ihn seine fürchterlichen Schmerzen am Morgen: Wie ein lebloser Körper bleibt er noch eine Weile über Lucia, löst sich dann von ihr, ohne sie anzusehen, und kehrt, gedemütigt und noch erregt, in sein Bett zurück.

Dort bleibt er ausgestreckt liegen, wiederum gepeinigt von den stechenden Schmerzen, die er zu verbergen sucht; blaß, völlig ermattet, teilnahmslos, den Blick ins Leere gerichtet, in dem jetzt ein Hauch von Licht ist, wenn auch nicht mehr das wundersame der Morgenröte, sondern das schale, ganz alltägliche.

18

Anmut und Buffoneske bei den »Entrechteten dieser Welt«

Es ist spät am Morgen, und die Sonne scheint schon kräftig. Die Bäume haben ihr Geheimnis nicht mehr: dieses Bewußtsein von Brüderlichkeit. (Sie haben sich wieder in ihr einfaches, wildes, ausdrucksloses Schweigen gehüllt, bezwungen von etwas, was größer ist als sie, dem sie sich in aller Demut unterwerfen.)

In dieser Sonne, die schon hoch am Himmel steht (aber nur für den Hausherrn, der so lange schläft – in Wahrheit ist es erst neun Uhr), erscheint der Briefbote Angelo; er kommt ganz selbstverständlich mit seiner Fröhlichkeit, die aus andern Welten, von andern Bewohnern stammt.

Emilia öffnet die Tür – der Postbote überreicht ihr die erste Post – sie nimmt sie in Empfang – und dann der gewohnte kurze, stumme Dialog zwischen den beiden. Angiolino schneidet ein paar alberne Grimassen, die ihn selbst am meisten zum Lachen reizen. So macht er, der Lazzarone, sich für gewöhnlich über die Bauernmagd lustig ...

Aber diesmal, welches Wunder!, macht Emilia den Mund auf, gibt menschliche Laute von sich, setzt zu einer Rede an ... So erfährt der lockige Briefbote, als wär's eine Staatsaffäre, daß es hier ein Problem gibt, in das er eingeweiht wird.

Hocherfreut über diesen neuen Ausblick, den ihm das Leben eröffnet, folgt er Emilia mit einem feierlichen Ausdruck im Gesicht. Sie begibt sich ins Innere des Hauses (das so groß ist, daß man mit dem Fahrrad quer durch alle Räume sausen könnte, wie Angiolino sagt). Und nun sind sie an der Schuhkammer. Da stehen die Schuhe des Gastes (übrigens fast makellos in ihrer hellen Farbe) fragend vor den Augen der beiden. Emilia kennt solche Schuhe nicht, modisch, bis an die Knöchel reichend und aus einem Material, das sicher kein Leder und auch kein Wildleder ist: Wie soll man die putzen? Das ist das Problem. Aber Angiolinos Augen lachen: Er, der für alles Moderne zuständig ist, weiß, daß man für diese Schuhe zwar eine Spezialbürste braucht, sie aber notfalls auch mit irgendeiner anderen Bürste säubern kann, und sei es eine Haarbürste. Mißtrauisch macht Emilia einen Versuch; und gemeinsam bemühen sich die beiden, heute ausnahmsweise Verbündete, um die heiligen Schuhe.

Und weil offensichtlich alles gutgeht und das Problem glücklich gelöst ist, verschwindet Angiolino, wie er gekommen ist: alles vergessend, fort in andere Regionen, zu andern Bewohnern, in andere Welten, aus denen er entsandt wurde.

Emilia putzt indessen liebevoll die Schuhe, und sobald sie ihr Meisterwerk vollbracht hat, geht sie ganz leise, als überbringe sie ein heimliches Geschenk, die Diele entlang (durch die im Morgengrauen der Vater gekommen war) und stellt die Schuhe vor das Zimmer des jungen Herrn und des Gastes.

19

Essen im Freien

Die ganze Familie – wie stets an schönen Sommertagen vor Beginn der Ferien – speist im Garten. Und Emilia trägt auf.

Alle schweigen, und nichts ist zu hören als eine »beschwingte« Musik aus einem dummen Radio in der Ferne.

Die Blicke, die Lucia, Pietro und Emilia ausnahmslos für den Gast haben, sind – obwohl sie ein ungeteiltes Geheimnis verbergen – voller Bangen und Reinheit. Nur Odetta, in ihrer Blässe wie ein widerspenstiges weißes Kaninchen, scheint ihn zu ignorieren: Und sie tut es fast demonstrativ. Aber gerade dadurch wirkt sie verstört. Immerhin ist sie die einzige, die mit andern Gedanken beschäftigt ist und keinen Blick für den Gast übrig hat. Denn auch der Vater – nach den Geschehnissen der Nacht – sieht ihn mit Augen an, wie er es zuvor gewiß noch nie getan hat.

20

Kann denn ein Vater sterblich sein?

Der kranke Vater liegt ausgestreckt in seinem Bett. Um ihn versammelt seine Frau, die Kinder und der Gast. Sie alle sind zugegen, weil gerade der Arzt gekommen ist, der schweigend und exakt seine lindernden Handgriffe verrichtet (in diesem Fall eine subkutane Injektion). Des Vaters Krankheit kann man nicht als ernst bezeichnen. Aber er ist gleichsam der Welt entrückt, in einer Art rätselhaftem Streik; zum Kinde geworden durch Krankheit und Schmerz, der von Mal zu Mal mehr oder minder unerträglich ist. Doch beherrscht ihn ein ungewisser, hartnäckiger, gleichbleibender Wille, den jedenfalls seine Augen verraten: das Verlangen, gesund zu werden.

Der Arzt geht wieder; Lucia und Pietro begleiten ihn schweigend hinaus. So bleiben nur der Gast und Odetta in des Vaters Zimmer. Denn Odetta weicht nicht vom Krankenlager ihres Vaters; hier hat sie sich niedergelassen, und hier bleibt sie auch. Sie pflegt ihn treu wie eine kleine Nonne, die im Ruf der Heiligkeit steht. Und es muß gesagt werden, daß sie ihn *tatsächlich* in allem aufs beste betreut. Und doch kann sie auch die Angst nicht daran hindern, in ihrem Benehmen den ihr eigenen Sinn für Humor durchblicken zu lassen; und außerdem ist die sonst so Zaghafte jetzt von einem liebevollen Mut erfüllt, und so macht sie alles richtig.

Doch des Vaters ängstliche Blicke sind kaum auf sie gerichtet (nur hie und da ruhen sie mit alter Zärtlichkeit auf ihr): Sie gelten unablässig dem Gast. Und so suchen sie auch gleich wieder den Gast, kaum daß Frau und Sohn mit dem Arzt das

Zimmer verlassen haben. Odetta weiß davon, denn der Vater hat seit Beginn seiner Krankheit das unbedingte und fast kindliche Bedürfnis gehabt, den Jungen immer um sich zu haben.

Wie er ihn jetzt ansieht mit dem flehenden Blick eines Menschen, der vom andern ein Opfer fordert – aus einem Egoismus, dessen Opfer er selber ist –, wird sein Gesicht fast von einem schwachen Lächeln erhellt.

Der Ausdruck seiner kranken Augen ist der eines Menschen, dem endlich das eingefallen ist, was ihm selbst, vor allem aber den Anwesenden Erleichterung verschaffen und somit der Peinlichkeit und auch Lächerlichkeit der Situation ein Ende machen könnte.

Er streckt seine große, von der Krankheit schwere Hand über der Decke nach einem Buch aus, zieht es heran bis dicht an die Augen, sucht mühsam eine bestimmte Stelle und liest nun mit der unsicheren Stimme eines an Anämie Erkrankten:

»... Aber just bei dieser peinlichen Verrichtung wurde Iwan Iljitsch Trost zuteil. Um den Nachttopf fortzutragen, kam immer der Hausknecht Gerassim.

Gerassim war ein reinlicher, frischer Bauernbursche ...«

Das ist ein Zitat aus den ›Erzählungen‹ Tolstois, eine Stelle aus dem ›Tod des Iwan Iljitsch‹.

Mit großer Anstrengung reicht der Vater dem Gast das Buch, damit er weiterlesen solle. Der nimmt es mit leichter Hand und vertieft sich gleich in die Lektüre:

»... Er war stets fröhlich und heiter. Anfangs hatte der Anblick dieses stets adrett gekleideten Mannes in russischer Tracht, der eine so ekelhafte Arbeit tun mußte, Iwan Iljitsch Verlegenheit bereitet.

Einmal, als er vom Nachtgeschirr aufgestanden war und nicht die Kraft hatte, die Hosen heraufzuziehen, sank er in den Polstersessel und starrte entsetzt auf seine nackten, kraftlosen Schenkel, an denen die Muskeln sich scharf abzeichneten.

Da kam in seinen dicken Stiefeln mit leichtem, kräftigem Gang Gerassim herein, verbreitete um sich den angenehmen Geruch ... nach frischer Winterluft ..., ging ohne einen Blick auf Iwan Iljitsch zum Nachtgeschirr, wobei er die auf seinem Gesicht leuchtende Lebensfreude sichtlich zügelte, um den Kranken nicht zu verletzen ...

›Gerassim‹, sagte Iwan Iljitsch mit schwacher Stimme, ›hilf mir bitte, komm her.‹ Gerassim kam näher. ›Mir fällt es zu schwer allein, und Dmitrij habe ich fortgeschickt.‹

Gerassim trat hinzu: Mit Armen, die ebenso stark waren, wie sein Gang leicht war, umfaßte er ihn, hob ihn geschickt und sanft empor, stützte ihn, während er ihm mit der anderen Hand die Hose hochzog, und wollte ihn dann wieder hinsetzen. Aber Iwan Iljitsch bat, er möge ihn zum Sofa führen. Mühelos und scheinbar ohne Druck trug Gerassim ihn mehr, als er ihn führte, zum Sofa und setzte ihn dort nieder.

›Danke, wie geschickt und angenehm du ... alles machst.‹

Gerassim lächelte wieder und wandte sich zum Gehen. Aber Iwan Iljitsch fühlte sich so wohl in seiner Gegenwart und wollte ihn nicht fortlassen.

›Noch was, rück mir bitte den Stuhl dort heran ... Unter die Füße. Es verschafft mir Erleichterung, wenn meine Beine höher liegen.‹ ...

›Halt du mir die Beine ein wenig hoch, wenn du kannst.‹

›Warum nicht, freilich kann ich.‹ Gerassim hob ihm die Beine hoch ..., und er plauderte mit ihm. Und solange Gerassim seine Beine hielt, glaubte er sonderbarerweise Besserung zu verspüren.

Von da an rief Iwan Iljitsch Gerassim zuweilen zu sich, hieß ihn, seine Beine auf die Schultern legen, und fand Vergnügen daran, sich mit ihm zu unterhalten. Gerassim tat das mühelos, bereitwillig, selbstverständlich und mit einer Gutmütigkeit, die Iwan Iljitsch rührte. Die Gesundheit, Kraft und Lebensfreude aller andern Menschen waren Iwan Iljitsch ein Ärgernis; einzig Gerassims Kraft und Lebensfreude verbitterten Iwan Iljitsch nicht, sondern beruhigten ihn.«[1]

1 Kürzung des russischen Originaltextes durch den Autor; deutsche Übersetzung von Ruth Elisabeth Riedt.

21

Zeremoniell eines kranken Mannes
(der sich zum Jungen zurückentwickelt hat)
mit einem gesunden Jungen (der zum Jüngling
im Sinn der Antike erhoben wurde)

Der Vater stöhnt in seinem zerwühlten Bett: Es ist einer der Augenblicke, wo ihm die Eingeweide schier bersten wollen und er sich unter unmenschlichen Qualen krümmt.

Völlig außer sich vor Schmerz, tut er all das Erbärmliche und Beschämende, was zu unterdrücken oder zu verbergen ihn jetzt weder Selbstachtung noch Scham noch Anstand zwingen könnten.

Odettas tapfere Augen sehen ihn ohnmächtig an. Da öffnet sich die Zimmertür, der Gast kommt herein. Odettas Augen wenden sich ihm zu, kehren aber sogleich zum gemarterten Körper des Vaters zurück.

Des Gastes Körper ist wie ein frischer Hauch von Fleischlichkeit, ganz physische und darum – nach dem grausamen Gesetz alles Richtigen – auch psychische Gesundheit. In dieser seiner physischen Unversehrtheit also, Maßstab einer anderen Welt – die der erlösenden Unschuld –, setzt sich der Gast auf den Bettrand, bereit, seine Pflicht, mag sein aus Barmherzigkeit, jedenfalls ohne demütigendes Mitleid, zu erfüllen.

Wie im Traum nimmt der Vater ihn wahr, mit dem trüben Blick voll armseliger Schändlichkeit, den einer an sich hat, der andern ausgeliefert ist; er hat sich schon seinen Plan zurechtgelegt, und nun wartet er ...

Da hilft ihm der Junge – mit Bewegungen, die wohl schon Gewohnheit sind –, die Beine, eines nach dem andern, unter der Decke herauszunehmen. Er tut dies ohne Eile, in der Pause zwischen zwei Schmerzanfällen, die aus des Vaters kranken

Eingeweiden kommen und ihm den Mund verzerren, die Tränen in die Augen und den Schweiß auf die bleiche Stirn treiben. Dann, ganz sachte und unter leidvoller Mitwirkung des Kranken und wieder eines nach dem andern, lädt er die Beine auf seine Schultern und hält sie mit den Händen an den Fußgelenken fest.

Vor ihm – dem jungen Bauern, der ihn mit jenem Anflug von Ironie und mit seiner ruhigen, mütterlichen Fürsorge ansieht – liegt der Vater wie Iwan Iljitsch ausgestreckt im Bett, den Kopf im Kissen versunken; aber – jedenfalls scheint es ihm so – von seinen Schmerzen erleichtert. Er sieht das Gesicht des Gastes – das weder Fältchen noch Rötung aufweist – zwischen seinen beiden Füßen, die leidend auf dessen Schultern ruhen: sieht auf dessen ermutigende Gesundheit und Jugend, deren Zukunft ohne Ende zu sein scheint. Er lächelt ein ganz klein wenig über sich selbst, über seine Krankheit, seine Verlorenheit, seine Hilfsbedürftigkeit.

22

Wenn auch durch die Augen des verliebten Vaters

Die Sommersonne steht also noch triumphierend im Garten, der jetzt dem Ende seiner Herrlichkeit entgegensieht, den ersten, in all dem Grau des lombardischen Himmels so poetischen Rostfarben.

Halb im Schatten, der noch warm ist, und halb in der Sonne, die nicht mehr so heiß ist, liegt der Vater auf einem Liegestuhl und freut sich seines Daseins.

Doch während der Gast wirklich in seine Lektüre vertieft ist, liest Odetta nur hie und da und beinahe mit Haß in dem Buch, das sie in der Hand hält.

Ihr Blick schweift unruhig über die Dinge, die für den Vater zwar voller Bedeutung sind – so übervoll, daß sie fast bersten in diesem intensiven Licht –, für sie aber nichts sind als langweilige und schmerzliche Schemen. Meistens aber ruhen ihre Augen auf dem erholten Gesicht des Vaters.

Die Krankheit hat ihn verändert, zweifellos hat sie auch – und das vor Odettas Augen – an eine Realität gerührt, die unantastbar schien: *die Realität des mächtigen, unsterblichen Vaters*.

Odettas ergebungsvolle Verehrung für ihn ist also auf einmal nicht mehr mystisch – wie in ihrer langen, langen Kindheit, die nicht vergehen will –, sondern hat jetzt, eben von dieser Realität her, etwas Unsicheres, Dramatisches angenommen: Der Augenblick ist da, wo die Liebe entweder zunimmt oder zu Ende geht.

Darum vielleicht fliehen Odettas Augen vor den fremden

Worten des Buches und richten sich statt dessen fragend auf das Gesicht dieses neuen Vaters, der da vor ihr liegt.

Dieser schlägt nun lebhaft die Augen auf und sieht, wie stets, auf das Gesicht des Gastes. Wiederum folgt Odetta seinem Blick; aber während sie bis jetzt mit ihrem Blick immer sogleich zum Vater zurückgekehrt ist, betrachtet sie nun zum ersten Mal den jungen Mann, den sie stets ignoriert hat. Ja, eigentlich sieht sie ihn jetzt zum ersten Mal.

Der Vater fragt den Gast, was er liest. Eine Frage ganz ohne Neugierde, aus purer Sympathie, aus einer großen Herzlichkeit heraus und weil er gerade Lust zum Reden hat. Mit seinen durchdringenden Augen sieht der Junge von dem Rimbaud-Bändchen auf; und ohne jedes Erstaunen liest er – seine Stimme ist etwas unbeholfen – genau an der Stelle laut weiter, bei der er gerade angekommen ist . . .

Während er nun vorliest, steht Odetta – in ihrer stillen, anmutigen, jungmädchenhaften Beschwingtheit – unvermittelt auf, legt ihr Buch auf den Stuhl und entschwindet ins Haus. Aber nur für kurze Zeit; denn bald erscheint sie wieder mit ihrem Fotoapparat, Instrument des Familien- und Vaterkultes: Bewahrungs-Kult (im Laufe der Jahrhunderte so oft den Jungfrauen anvertraut).

Nichts anderes hat sie jetzt im Sinn, als zu fotografieren: Erinnerungsfotos von der Genesungszeit des Vaters. Sie hält ihr Auge an den Sucher und macht ihren kleinen Schnappschuß, künftiges Prunkstück für ihr Album.

Aber anders als sie dies noch bis vor kurzem gemacht hätte, wählt sie sich nicht nur den genesenden Vater für ihre Bilder. Die plötzliche Entdeckung des Gastes – wenn auch durch die Augen des Vaters – ist jetzt eine nicht mehr wegzuleugnende Tatsache, die Odetta wegen ihrer Neuartigkeit voll in Anspruch nimmt und sie offenbar auch jede Selbstbeherrschung verlieren läßt.

Unbemerkt mustert sie ihn durch den kleinen Sucherrahmen.

Sie sieht sein Gesicht, seine Schultern, seine breite Brust und die schmalen Hüften eines jungen Mannes; und sie sieht in seiner augenblicklichen Beschäftigung auch ein verhaltenes Ungestüm, dessen er sich in aller Unschuld nicht bewußt zu sein scheint oder das er als etwas Natürliches hinnimmt.

Unvermittelt läßt Odetta den Fotoapparat sinken und sieht ganz einfach den Gast an; und der sieht zu ihr auf.

Aber Odetta will seinen Blick nicht, nimmt ihn nicht an. Wie ein Irrwisch läuft sie hastig weg, in ihrer neurotischen, abweisenden Grazie; sie bringt den Fotoapparat ins Haus zurück.

Dann kommt sie wieder, stellt sich mit ausdruckslosem Gesicht vor den Gast hin und ergreift seine Hand. So nötigt sie ihn, ihr zu folgen. Er erhebt sich bei dieser keuschen Aufforderung, bei diesem naiven Zeremoniell, folgt ihr durch den Garten bis in ihr kleines Zimmer.

23

Kleines Mädchen im Schoß der Männlichkeit

Genaugenommen ist es nicht mehr ihr Zimmer, sondern ihr ehemaliges Kinderzimmer, das jetzt verlassen ist, mit seinen tief herunterhängenden Vorhängen, mit einem Bett, dessen Form etwas manieriert wirkt, und mit einer dunklen Truhe unter dem Fenster.

Der Gast setzt sich auf die Bettkante; das ist wegen der Höhe nicht sehr bequem, und so muß er die Beine gespreizt gegen den Boden stemmen. Als Odetta, nachdem sie einen nichtssagenden Blick auf ihn geworfen hat – der allenfalls das instinktive Mißtrauen eines wilden Tieres hat –, sich nun über die Truhe beugt, um ihre wertvollen Fotoalben herauszuholen, und dann zu ihm zurückkehrt, fällt ihr daher nichts anderes ein, als sich mit dem Rücken ans Bett zwischen seine Beine zu setzen. Besser gesagt, sie drückt sich dazwischen: Und sie hat es da nicht unbequem, denn die vom leichten, hautengen Tuch eingehüllten Beine des Jungen sind wie zwei Säulen, zwischen denen die wilde Odetta sich ungezwungen und mit fast kapriziöser Eleganz niederlassen kann. Freilich, würde sie sich nur ein wenig umdrehen, hätte sie vor sich seinen Schoß, unbefleckt und voller Kraft am Treffpunkt der beiden schützenden Säulen. Aber sie dreht sich nicht um: Ihre Blicke wandern fast flehend vom Fotoalbum zum Gesicht des Gastes, der ihr zulächelt, gütig in all seiner Stärke.

Sie richtet fragend ihre großen runden Augen auf ihn, den kleinen Mund halb geöffnet wie bei jemand, der an Nasenpolypen leidet. Dann senkt sie die Augen wieder auf das Album, blättert darin herum, sucht mit einer Gewissenhaftigkeit, die schon Entrücktheit ist, nach den andern Prunkstücken ihrer Familienandenken.

Und der Gast lächelt. Da legt sich seine Hand in natürlicher, unvorhergesehener Bewegung auf seine Schenkel, auf seinen Schoß hinter Odettas Rücken. Bei der Bewegung dreht sie sich um und blickt – mit ihrer entrückten Gewissenhaftigkeit – auf die Hand: Jetzt schlägt sie die Augen zu ihm auf, jedoch bemüht, den Ausdruck nicht zu verändern, dasselbe Licht in ihnen zu bewahren. Er aber lächelt, väterlich und mütterlich, mit noch größerer Wärme; und, als sei sie ein lebloses, unbewegliches Etwas, faßt er sie unter den Achseln und zieht sie vom Boden fast ganz zu sich hinauf.

Das Fotoalbum fällt auf die Erde, ihrer beider Mund begegnet sich. Es ist der erste Kuß, den Odetta bekommt, ganz starr, ganz Körperlichkeit: auf den Knien, und gehalten von den starken Armen des Jungen, für den sie so leicht ist . . .

24

»Odetta, dein erstes Paradies ...«

Odetta, dein erstes Paradies hieß Vaterparadies.
Eins waren da alle Sinne im Kind
– ob Junge, ob Mädchen –,
eins in der Verehrung eines Einzigen.
Und ringsum die Welt
hatte nur ein Aussehen: Wüste.

Bei solch fahlem, endlosem Licht,
im Bannkreis der Wüste, des mächtigen Schoßes,
erfreute das Kind sich am Paradies.
Beherzige: Nur einen Vater gab's (die Mutter nicht).
Und sein Schutz trug ein
erwachsnes, doch junges und ein wenig
ironisches Lächeln, wie's einer hat, der den Schwachen,
Zartbesaiteten schützt – ob Junge, ob Mädchen.

In diesem ersten Paradies bist du
bis heute gewesen: Und als Weib wirst du
es immer in Erinnrung und Verehrung bewahren.
Denn du bist zum Verehren geschaffen ... Doch ehe
ich dich wieder anspreche, um dich zu warnen vor den Gefahren
der Religion, will ich dir deines Bruders Geschichte erzählen,
der eines Geschlechtes mit Gott.

Einstens, in Zeiten, da er *wirklich* ein Kind war
(noch mehr als im Leib der Mutter oder

eben als Säugling an ihrer Brust), lebte
auch er in jenem ersten Vaterparadies.

Plötzlich und grundlos erstand der Haß.
Der Schoß, der wie eine Sonne stets gewesen, bedeckt
von sanften, mächtigen Wolken, der Schoß dieses Mannes,
wie die Wüste unendlich und einzig,
auf einmal war er ein dunkler Hosenboden,
wurde zusehends erbärmlicher, verlor alle Unschuld
beim Verdacht, nichts als menschlich zu sein.
Also war der Tag gekommen,
wo der Wüste sauberer Horizont zerrinnt
in Schweigen und Farbe von minderer Reinheit,
wo man die ersten Palmwipfel schon sieht,
der erste Saumpfad stumm zwischen den Dünen erscheint.

Und das Kind überschritt die Grenze des ersten Paradieses:
welches zurückblieb in der Zeit, der *geträumten*,
Grünland, mit durchscheinenden Fluchten von Pappeln
schraffiert – oder in einer großen Provinzstadt.
Das Kind stürzte kopfüber zu Boden, verlor
den Namen Luzifer und nannte sich jetzt
Abel und Kain zugleich (das gilt zumindest für bestimmte
rosa Gegenden des Mittelmeers und für diese grünen,
wo Nonnen es einer weltlichen Odetta künden).

Diese Gegenden waren das zweite Paradies.

Eine Mutter gab's (sagen wir Adoptivmutter), in deinem Fall
hatte sie kostbare Pelze, die nach jungen Frühlingen dufteten.
Wie irdisch, wie irdisch-süß war sie in ihrer
kleinbürgerkindlichen Süße,
die all die lieben, angelernten Dinge nicht für sich, nein,
für dies Söhnchen will, das neben ihr spazierengeht und
auch so von der Primeln Frische widerperlt!

Ein Fluß (der Po in deinem Fall) durchfloß dies Paradies:
Denn das Heim, das die »Adoptiv«-Eltern nach der Heirat
bewohnen, steht immer in der Nähe eines Flusses.
Und ist's kein Fluß, so ist es Meer oder eine Kette von Hügeln.

Ganz von allein wuchsen die Früchte mit ihren erstaunlichen
Namen:
Äpfel, Trauben, Brombeeren, Kirschen; und die Blumen ohne
Nutzen,
sie zählten nicht weniger als jene; und auch ihre Namen waren
erstaunlich, Primeln, wie schon erwähnt, oder Sonnenblumen,
Schneeglöckchen, Maiglöckchen und, wenn's festlich, gar
Orchideen.
Dort oben die Sonne war ganz sicher eine befreundete Kreatur,
verniedlicht vom Unschuldsbegriff, den die Mutter
dem Söhnchen gegeben; dabei hielt sie es fest an der Hand;
und wie sie morgens aufgehe, so gehe sie auch abends unter,
um den Sternen Platz zu machen; die durfte der folgsame
Sohn nur
kurz betrachten, er mußte sie gleich wieder ihrem Schweigen
überlassen.

Aber diese Mutter war nicht unschuldig, wie er geglaubt!
Und der nämliche grundlose Haß – der ganz von allein,
wie eine
Frucht oder Blume, im ersten Paradies gewachsen war –
wuchs auch im zweiten. Ist doch unser Dasein nichts als ein
irres Identifizieren mit dem anderer Lebender, von einem
Etwas uns zur Seite gestellt, das unermeßlich unser ist.

Solcherart waren wir die sündige Mutter im Angesicht
der Frucht
mit dem Geheimnis, wiederzuerwecken die Tage
des ersten Vaters

– die soviel älter als das grüne lombardische Paradies!

Wiederum strahlte die Sonne der Wüste
auf den kleinen Apfel, Sehnsucht bescheidener Existenzen.
Die Alltagssonne aber stand abseits,
wie verbannt in einen plötzlichen Dezember; und
die andere, die
großartige, brannte: Maß, Jahrhunderte zu messen und Erbärmlichkeiten.
Also biß Mama, *sie war nichts andres als ihr eignes Kind,*
biß mütterlich-unschuldig und kindlich-ahnungslos
in die sommerliche Frucht. Der zweite Vater, der Adoptivvater
– verglichen mit dem ersten war er wie die erloschene
Wintersonne, verglichen mit der ersten Sommersonne –,
folgte augenblicklich ihrem Beispiel, Verbannter der Erde,
der leicht zu versuchen und leicht zu verderben.

Aber mit ihm hatten wir uns ebenso identifiziert:
Denn aus uns selbst heraus konnten wir niemals bestehen;
es sei denn, wir waren Vater und Mutter zugleich.
Mit ihrem Mund sündigten wir und mit ihren Händen.
Und der erste Vater jagte uns auch aus dem zweiten Paradies.

Zwei Paradiese haben wir demnach verloren!
Fest an der Eltern Hand nahmen wir den Weg in die Welt.

Luzifer schied sich von Abel, er folgte seinem Schicksal
bis hinein in die schwärzeste Finsternis. Und Abel starb,
war sein eigner Mörder mit Namen Kain.
Also blieb nur noch ein Sohn, *ein einziger Sohn.*

Es vergingen Jahrtausende, und es kam die erste Aussaat;
und noch ein Jahrtausend nach dieser Begebenheit
wurde zum Herrn über die Menschen ein König ernannt.

Soviel buntes Töpfergeschirr! Unser Brot mußten wir verdienen,
und das trennte uns von uns selbst und stieß uns, einen jeden
mit seiner falschen Meinung über sich, in die Hölle der
Gegenwart.
Auf diesen Weg begibt sich folglich dein Bruder Pietro.

Doch weshalb, dir die Theorie der zwei Paradiese erklärend,
weshalb sprach ich von Pietro, deinem Bruder, und von dir nicht?
Weil ohne die seine, die Sohnesgeschichte,
die deine mit nichts zu vergleichen wäre
und sinnlos schon jeder Beginn einer Rede.

Einen weiblichen Luzifer oder Abel oder Kain gab es nie:
So mußt du eigentlich im ersten Paradies noch geblieben sein.
Zumindest an dieses, mit dem wahren Vater, dich erinnern.
Wie's der Fall ist: Und darum bist du unendlich viel älter
als dein Adoptivvater, in den du verliebt,
als deine Adoptivmutter, Lucia mit Namen,
als Pietro, dein Bruder, allen Daseins Exempel.

Du Ärmste hast dich mit jedem von ihnen identifiziert:
und weißt nicht, daß du dort in der Ferne, noch vor deren
Geburt,
die einzige, die dem ersten Vater in Wahrheit gehorsam.
Was gilt dir mehr, deine Identifizierung oder dein Sein?
Du weißt nicht zu wählen, zarte Odetta, denn du bist blind:
So bist du erwählt; hast du gelebt; und wehrst dich vergebens,
verirrt zwischen der Erinnerung, die zu schön ist,
und der Wirklichkeit, die dich vom Traum zum Wahnsinn
bringt.

25

Vom Besitzer zum Besessenen

Der Vater und der junge Gast fahren im Auto (dem Chef-Mercedes des Vaters) über die langgezogenen, engen, asphaltierten Landstraßen im Süden Mailands ...

Aber an dieser Stelle glauben wir, daß es doch besser ist, den Vater nicht mehr bloß »Vater«, sondern mit seinem Vornamen Paolo zu nennen. Mag sich auch so ein Vorname, jeder beliebige, ganz unsinnig anhören, wenn er einem Vater gegeben wird: Entkleidet er ihn doch auf merkwürdige Weise seiner Autorität, entweiht ihn, stößt ihn zurück in den ursprünglichen Zustand eines Sohnes; setzt ihn also allen Unbilden aus, allen dunklen und anonymen Wechselfällen im Leben der Söhne.

Tatsächlich herrscht zwischen Paolo und dem Gast verlegenes Schweigen, obwohl eigentlich nur Paolo in Verlegenheit ist. Des Gastes Schweigen ist nämlich nichts weiter als diskret; denn in Wirklichkeit und ganz zu Recht ist er ja der Sohn – der die Qualität eines Vaters potentiell, für die Zukunft, und daher um so gegenwärtiger und gewisser in sich trägt. So daß hinter der jugendlichen, unbekümmerten, großmütigen Maske des Sohnes ein zeugungsfreudiger und glücklicher Vater steht; während hinter der gerunzelten, besorgten, geizigen und autoritären Maske des Vaters ein enttäuschender, begehrender Sohn sichtbar wird.

An irgendeiner Stelle der Straße – eine einsame Stelle – hält der Mercedes: Der Vater verläßt seinen Platz am Steuer, geht um den Wagen herum und steigt auf der anderen Seite wieder ein; und nun sitzt der Gast am Steuer, stolz wie alle Jungen seines Alters. Es war ja zu erwarten: Gleich fährt der Wagen mindestens doppelt so schnell wie zuvor. Die vor dem aschfarbenen, noch eisigkalten Himmel stehenden durchsichtigen Pappel-Kathedralen schlürfen ihn immer rascher, immer gieriger in sich hinein: einem Süden entgegen, wo keine Sonne ist, wo die dunkler werdenden Rieselfelder gar schon die Farbe des Abends angenommen haben. Dort liegt die Bassa, und statt dem Norden einen freundlicheren und sinnlicheren Süden zu eröffnen, steht sie wie ein Ringgraben davor. Aber gerade zur Bassa – zu den Abholzgebieten, zu den wattigen, wilden Wäldchen des Po, die so zärtlich warm sein können in den ersten, frostigen Frühlingstagen – zieht es die Verliebten, wie das seit jeher üblich ist.

Was Paolo jetzt sagen will, ist zweifellos schwerwiegend (während der Junge durch das Fahren abgelenkt ist und durch den Ehrgeiz, gut in die Kurven zu gehen): Aber er findet nicht den Mut dazu, wie, nun ja, wie ein Junge.

Sprechen? Oder muß nicht auch er *handeln, bevor er sich entschließt*? Ist er nicht, im Vergleich zu seinen Kindern und zu seiner Frau, ein Musterbeispiel für Gediegenheit schlechthin, die aus einem Mann erst einen Bürger macht, in seine Achtbarkeit und in seine inzwischen selbstverständlich gewordenen Verhaltensregeln gemeißelt wie ein Standbild in den Marmor? Von Problemen zu sprechen statt von echten Gefühlen oder Wünschen, ist das nicht schon wieder ein Vorwand?

An Paolos Seite der Körper des Gastes, unversehrt und kräftig wie der eines Bauern; und obendrein mit dem Vorzug, einem bürgerlichen und gebildeten Jungen zu gehören (also einem mit ausgeprägter Selbstachtung). Den Körper eines Bauern nämlich kann man anfassen und streicheln, weil er keine Möglichkeit hat, sich zu wehren, weil er sich verhält wie ein Hund vor seinem Herrn und (vor ihm) keine moralischen Grundsätze zu verteidigen hat; zur Ironie ist er schon gar nicht imstande; also – vielleicht wohl oder übel – fügt er sich.

Aber des Gastes Körper, so vollfleischlich und dabei ohne alles Weichliche, füllig und doch rein, von einer Fruchtbarkeit, wie sie dem Sohne eigen ist – der Körper lodert neben ihm am Steuer, als sei er nackt, von der Anmut der Brust und der gestreckten Arme bis zum Ungestüm der Schenkel, eingepreßt unter den Falten des fast sommerlichen Tuchs.

Der Vater – nein, Paolo! – sieht ihn an und liebkost ihn, *bevor er sich entschlossen hat.*

Er streicht ihm mit der Hand – die nie andere liebkost hat außer seiner Frau oder etlichen schönen und eleganten Geliebten, und zwar in geziemender Weise – sacht über Haar, Hals, Schulter. Der Gast lächelt erfreut; nicht im mindesten erstaunt, mit seinem kindlichen, großmütigen Lächeln.

Ja, er strahlt richtig, als er sich jetzt Paolo zuwendet, und damit gibt er der erhaltenen Liebkosung eine heitere Natürlichkeit; er zeigt sich dankbar; vergilt es mit seinem jugendlichen Frohsinn; fast demütig – also gerade wie einer aus niederem Stande – gibt er ihm zu erkennen, daß mit dieser für einen Bourgeois durchaus unpassenden Geste gegen nichts, aber auch gar nichts verstoßen wird. Doch nicht der leiseste Schmelz der Hingabe ist in seinem Lächeln erkennbar. Ganz im Gegenteil: nur die Sicherheit dessen, der gibt.

Und das macht Paolo noch mehr zum Sohn. Diese unsichere Liebkosung (von der seine Hand sich augenblicklich zurückzieht) ist nicht ein Zeichen von Besitznahme, sondern eine Bitte an den, der besitzt. Aber Paolo gehört doch zu den Menschen, die seit eh und je an Besitz gewöhnt sind. Sein ganzes Leben lang hat er (auf Grund seiner Geburt und seines Standes) immer besessen; noch keinen Augenblick hat er daran gedacht, etwa *nicht zu besitzen.*

26

Gelbes Röhricht am Ufer des Po

Da erscheint, fast unvermittelt, der Po – in einer Schleife, weit wie ein Platz, voller Schwermut (der Fluß brandet schmutziggelb wegen des bevorstehenden Hochwassers, fließt schwindelerregend schnell und wie in einem zerstörerischen Drängen ostwärts, in Richtung auf Cremona, auf Mantua).

Eben erst haben die sich fast zu einem Wald verdichtenden Pappelreihen diesen Anblick angekündigt; und die Bäume selbst, nicht nur die rechteckigen Wiesen zwischen ihnen, haben ein kräftigeres Grün bekommen; fast, als sei hier der Frühling schon weiter fortgeschritten und auch trauriger. Und doch hat ein wenig Sonnenschein die Wolken besiegt, die lastenden Dunstschleier vertrieben, das unterhalb des Dammes sich weithin erstreckende Amphitheater von Pappeln an einen bestürzend klaren Himmel herangeführt.

Oben auf dem Damm steht der Wagen; die beiden steigen aus und bleiben erst eine Weile hier oben in der Sonne stehen. Paolo – mit einem schwachen Lächeln und nun endgültig der Unterlegene, die typische Bräune des Wohlhabenden auf seinem Gesicht mit den achtunggebietenden Falten – verharrt unschlüssig und unentschlossen neben dem Auto, als wüßte er nicht, was er tun, wohin er sich wenden soll. Doch der Gast, mit dem Lächeln dessen, der nichts verliert, aber alles gibt – ein Lächeln also ganz ohne Stolz oder Verächtlichkeit, die seine reine Anmut stören könnten –, rennt den noch winterlich gelben, kahlen Damm schräg hinunter; und unten, wie ein Junge, der es eilig hat, zu seinem Fußballspiel zu kommen, läuft er weiter, quer durch die Büsche, die sich in breiter Fläche bis an den Fluß erstrecken.

Die Erde riecht gut; sie ist weich, aber nicht feucht. Auch die meisten Sträucher sind noch dürr; nur ein paar wenige sind mit weißen Blüten übersät. Auf der Erde, über dem nach Winter und Frühling duftenden Humus, liegt noch das halbverfaulte, zu einer festen Schicht gewordene Laub vom Vorjahr.

In dieser großen, terrassenähnlichen Fläche zwischen Damm und Fluß sind breite Erdrisse, die man von oben nicht sehen kann. Der Gast verschwindet in einem dieser Risse und kommt dann noch weiter unten und in noch größerer Entfernung wieder zum Vorschein, zwischen den rostfarbenen Sträuchern: eine Rostfarbe, die aber schon im Begriff ist, in neuen, zarten Farben aufzuleuchten (nur die Weidenruten sind schon blutigrot). Dann verschwindet er wieder in einem Erdriß, in einem noch tieferen, der sicher auf die Höhe des Flußspiegels führt.

Paolo folgt ihm, geht auch über diesen Boden, den er wohl seit vierzig Jahren (damals war er noch ein Junge) nicht mehr betreten hat; und das verwirrt ihn wie einen, der gerade aus dem Krankenhaus gekommen ist und auf einmal in der Sonne steht. Daß er immer Sport getrieben hat – da, wo's keine Mühe macht –, nutzt ihm hier nichts; denn hier gibt es so etwas wie eine erbitterte Feindschaft zwischen seinem Körper und diesem Niemandsland, das einen kaum wahrnehmbaren und doch so intensiven Duft ausströmt.

Als er mühsam durch die zweite Spalte hindurchgestiegen ist, findet er, noch etwas weiter, den Gast: ausgestreckt auf der Erde, die eine Hand unter dem Nacken, in der anderen eine brennende Zigarette, (fast ein wenig lümmel- und lasterhaft) die Beine gespreizt. Paolo geht auf ihn zu, beinahe in ehrerbietiger Scheu ob dieser unverschämt-unschuldigen Hingabe ...

27

»Die Juden zogen aus ...«

Die Juden zogen aus in die Wüste.

Den ganzen langen Tag – von dem Augenblick an, da der Horizont mit seinen düstren, flachen Felsdünen oder mit seinen ebenfalls düstren, runden Sanddünen sich gegen das Morgenrot abhob, bis er wieder in gleicher Weise sich gegen das Abendrot abhob – war die Wüste immer ein und dieselbe geblieben.

Ihre Ungastlichkeit kannte nur eine Form. Und die war stets die gleiche, wo auch immer die Juden standen oder gingen.

Bei jeder Meile rückte der Horizont um eine Meile weiter: Und so veränderte sich niemals die Entfernung zwischen Auge und Horizont. Die Wüste zeigte die Wandlungen, die ihr eigen sind: Einmal war sie Hochebene aus Fels, einmal nichts als ausgedehnte Steinansammlung (immens und nackt wie in den Vorstädten der Metropolen und ebenso verwaschen-stahlfarben), einmal See aus dunklem Sand, gefaßt in eine Unzahl eigenwilliger, ganz und gar gleichförmiger Säume. Aber diese Verschiedenheiten ergaben sich alle innerhalb dessen, was Wüste war und nichts anderem als der Wüste glich. Ob Fels, Stein, Sand, den Juden galten sie nur als Zeichen der Wiederholung, als Merkmal, um eine Monotonie wahrnehmen zu können, die bis in die Knochen dringt wie das Pestfieber. Die Landschaft von der Umkehrung des Lebens wiederholte sich also ohne jede Verschleierung oder Unterbrechung. Ihr Ursprung war in ihr selbst, ihr Fortbestand war in ihr selbst, ihr Ende war in ihr selbst: Aber sie wies den Menschen nicht ab, sie nahm ihn sogar auf, ungastlich zwar, doch nicht feindselig, seiner Natur widersprechend, doch seiner Realität zutiefst verwandt.

Durch eine solche Unermeßlichkeit ziehend, in der man immer auf der Stelle zu treten schien; nach einer oder nach hundert Meilen genau die gleiche Düne wiederfindend mit genau den gleichen, sogar in sich gleichen, vom Wind geformten Fältchen; keinerlei Unterschied erkennend zwischen dem Horizont im Norden und dem im Süden oder zwischen den dunklen, kleinen Hügeln im Osten und denen im Westen; ein kleiner Stein, ob vor oder hinter ihnen auf dem Grat einer Düne, immer in gleicher Weise riesenhaft erscheinend; alle Wasserläufe, eingegraben in der verdorrten Farbe der Kohle, stets als der gleiche Wasserlauf sich erweisend – also kamen die Juden auf den Gedanken der Einzigkeit.

Sie nahmen sie wahr schon am ersten Tag, als sie fünfzig Meilen in der Wüste gewandert; sie waren erfüllt von ihr am zweiten Tag, als sie weitere fünfzig Meilen gewandert, ohne daß sich irgend etwas geändert hätte. Bis sie dann keinen andern Gedanken mehr hatten als diesen.

Die Einzigkeit der Wüste war wie ein Traum, der einen nicht schlafen läßt und aus dem man doch nicht erwachen kann.

Einzig war die Wüste, blieb einzig nach einem Schritt; einzig nach zwei Schritten; einzig nach allen Schritten, die sie, die Juden, gehen konnten. Die Formen der Palmen, Wasserläufe, Brunnen, Wege, Häuser entschwanden allmählich dem Gedächtnis – bis alle Verworrenheit der menschlichen Welt zurückblieb, und nichts mehr dazusein schien.

Die Einzigkeit der Wüste stand stets unverrückbar vor den Augen der Juden, die dennoch nicht dem Wahnsinn anheimfielen. Ja, sie fühlten sich wohlaufgenommen von diesem Einzigen, das Wüste war; und sie durchzogen sie im vollen Bewußtsein, aber im Grunde doch glücklich jetzt, nie mehr aus ihren unendlich fernen Grenzen herauszukönnen.

Die Gewöhnung an die Idee der Einzigkeit, von der Wüste

in den Sinnen dadurch bewirkt, daß sie sich als unveränderliches Etwas ins Innere dessen projiziert, der sie durchläuft, ohne jemals (obwohl sie allenthalben offen ist) aus ihr herauszukönnen, und der sie, mag er sich noch so dagegen wehren, doch keinen Augenblick vergessen kann – sie wurde fast zu einer zweiten Natur, in Koexistenz mit der ersten, und allmählich zermürbte, zerstörte sie diese erste, um sodann ihren Platz einzunehmen: wie der Durst allmählich einen Körper vernichtet, der an Durst leidet. Die Juden zogen weiter, und dachten sie auch nicht daran, so waren sie doch immerfort begleitet von der Idee so großen Dunkels und so großen Lichtes, die in ihr Inneres gedrungen.

Die einzigartige Beschaffenheit der Wüste wurde demnach zu einem Etwas in ihnen selbst, die es erlitten. Sie waren erfüllt von ihm. Das nicht enden wollende Leiden eines Kranken, der sich in seinem Bett vor Schmerzen bald auf die eine, bald auf die andere Seite wirft: und auf der einen Seite die Wüste spürt und auf der anderen Seite wiederum die Wüste spürt; und doch, während er sich so umherwirft, gleichermaßen den Wunsch hat, sie zu vergessen und wiederzufinden.

Die Juden kamen zu einer neuen Oase, an einem Wadi. Ein paar Krähen flatterten auf, ein paar Kamele grasten; Nomaden hatten um den Brunnen herum ihre Zelte aufgeschlagen und sahen auf, für einen Augenblick ihr Alltagsleben unterbrechend, und hatten Augen, die sanft waren wie von treuen Hunden oder von Gazellen.

Aber auch bei diesem neuen und wiedergefundenen Aspekt des Lebens – verlassen und vor sich hin brütend im tiefen Frieden der Sonne – verblieb in den Juden die Idee der Wüste: und war wiederum nichts andres als etwas Einziges.

Man brauchte sich ja nur umzudrehen, und hinter irgendeiner Palme, irgendeinem Mäuerchen, irgendeiner Steinkuppe, wo ein fremder Volksstamm siedelte – war sie schon wieder da.

Der Apostel Paulus verließ die Oase: verließ die kleine Stadt des Sandes – einsam wie ein Friedhof, um ihren Brunnen herum –, deren Leben darin bestand, nicht zu sterben. Die Todkrankheit erkannte man im brackiggrünen Wasser des Brunnens, im brüchigen Alter der Baumstämme, im sonnenentflammten Staub – zu dem seit Jahrtausenden alles zerfiel. Immerhin war dort das menschliche Leben in all seinen Gestalten: Und, obwohl wie benommen oder verstummt unter der Stille, die aus der Wüste kam, lachten die kleinen Jungen mit ihren von Sanftmut gleißenden Augen, mit ihren unbeschwerten Körpern; nährten die jungen Männer ihre Wollust in weiten Lumpen und in engen Binden, geschlungen um die sanften und abstoßenden Räubergesichter; summte der Markt, kehrten Frauen in kleinen Gruppen vom Einkauf zurück, hastig wie eine Schar alter Priester; und lehnten die betagten Männer reihenweise an Mäuerchen, mit ihrer verfaulten Leber, mit dem Blick eines kranken, stillen Tieres.

Wieder erschien die Wüste mit allem, was sie war: Und um sie so wiederzusehen – Wüste, nichts als Wüste –, brauchte man nur in ihr zu sein. Paulus ging und ging. Und jeder seiner Schritte war Bestätigung. Als die letzten malerisch gruppierten Palmwipfel verschwunden waren, kam wieder das Besessensein, das ist: vorwärts gehen und doch auf der Stelle treten.

Die Wüste mit ihrem immer gleichen Horizont, ob vorn, ob hinten, ja, sie hielt einen im Zustand des Deliriums: Jede Fiber in Paulus' Körper lebte nur ganz für sie. Sie aber war nur dunkles Gestein; oder Sand, geronnen in den windverwehten Runzeln; oder grauer Staub mit einem Flimmern von Metall, den der Wind aufwirbelte zu regelmäßigen, unheimlichen, weißlich-leichenfarbenen Streifen. Was immer auch Paulus dachte, es war überlagert und beherrscht von dieser Gegenwart. Alle Dinge seines Lebens, das – wie sich jetzt klar herausstellte – ja nicht das einfache Leben in der Oase war, wurden zusammengehalten von diesem einen Ding, das er immer in gleicher Weise erfuhr, weil es immer das gleiche war.

Er konnte nicht wahnsinnig werden, weil ihm die Wüste in ihrer Ein-Förmigkeit und ihrem ausschließlichen Sie-selbst-Sein im Grunde ein tiefes Gefühl von Frieden gab: als wäre er zurückgekehrt, *nicht in den Mutterschoß*, nein, *in den Vaterschoß*.

Wirklich sah ihn die Wüste von jedem Punkt ihres grenzenlos offenen Horizontes wie ein Vater an. Nichts gab es, was Paulus vor diesem Blick geschützt hätte: An welcher Stelle er sich befand – also immer an derselben Stelle – dieser Blick erreichte ihn ungehindert über die dunklen Sand- oder Steinflächen hinweg: mit der nämlichen tiefen Friedlichkeit, Natürlichkeit und Heftigkeit, mit der auch die Sonne unveränderlich herunterschien.

Es vergingen die Tage, es vergingen die Nächte.

Wozu?

Nur um eines zu verbergen und zu offenbaren, das da war, sich verbergen und offenbaren zu lassen, geduldig, durch lange Dämmerungen hindurch voll lautloser Melancholie. Aber dieses Eine ließ sich von Nacht und Tag nicht verbergen und offenbaren als Ding, sondern als Herr, welcher seinen Ruhezustand selbst festgesetzt hatte und sich nun diesem Wechsel hingab, dessen Ursprung ebenso weit in der Zeit zurücklag wie sein eigener.

Wie demnach die Sonne wieder aufstieg an irgendeinem durch nichts gekennzeichneten Punkt des Horizonts, war, als sei gar nichts Wirkliches geschehen, die Wüste auch wieder ringsum in Gestalt und Licht vom Tag zuvor und mit der fürchterlich heißen Sonne, die wiederum eins mit Gefahr und mit Tod.

Paulus ging den Weg ohne Geschichte in diesem völligen Einssein von Sonnenlicht und Lebensbewußtsein.

Wie war doch alles sauber, rein, unberührt! In dieser lebensvollen, sengenden Leere waren des Lebens dunkle Stellen, Winkelzüge, Verworrenheiten, Verderbtheiten und sein übler Geruch gar nicht vorstellbar. Weil es dort keine Vielheit, sondern nur eine Einzigkeit gab. Das tiefe Azur des Himmels, der dunkle Sand, der Verlauf des Horizonts, die Unebenheiten im Gelände, sie waren nicht Formen, die sich gegeneinanderstellten, einander ausschlossen oder von Mal zu Mal jeweils die Vorherrschaft hatten, nein: Sie waren eine einzige Form, und die war stets allgegenwärtig.

28

Angiolinos zweite Verkündigung

Angiolino kommt durch den Garten, als spiele er auf einer unsichtbaren, frohlockenden Flöte das Motiv der ›Zauberflöte‹, drückt seinen Finger auf die Klingel, wartet, lächelt Emilia strahlend an (seit der Gast im Haus ist, sind sie Freunde), überreicht ihr erst eine Rose zum Spaß und dann ein Telegramm – und geht.

Unsere bürgerliche Familie sitzt mit dem Gast bei Tisch, wie schon so oft im Verlauf dieser Geschichte (wohlgesittet; und jede Einzelheit am gedeckten Tisch könnte Ausschnitt aus einem Fresko jener Zeiten sein, als man noch auf menschliche Weise malte).

Alle essen schweigend, über ihren Teller gebeugt. Die verstohlenen Liebesblicke für den Gast hält jeder von ihnen in seinem Innern zurück als etwas, was nur ihn allein betrifft.

Denn die Liebe aller zum Gast hat nicht etwa eine Gemeinsamkeit geschaffen, in der jeder aus seiner Zurückhaltung herausgeht wie bei anderen Anlässen, bei denen man sich ohne Vorbehalt gemeinsam freuen oder gemeinsam leiden kann.

Alle Familienglieder sind jetzt einander gleich geworden: weil sie den Gast insgeheim lieben, weil sie ihm angehören; und so unterscheiden sie sich nicht mehr voneinander. Der Blick eines jeden von ihnen hat die gleiche Bedeutung und das gleiche Anliegen: Aber alle zusammen ergeben sie wahrlich keine Glaubensgemeinde (wenn auch das Schweigen bei ihrem Mahle ein heiliges ist).

nd Emilia kommt schweigend – auch sie mit ihrem Geheimnis, das sie zweifellos ihrer Herrschaft gleichstellt, obwohl sie bettelarm bleibt – und überreicht, fast wie ein ihr zustehendes Vorrecht, dem Gast das Telegramm. Der sagt mit lauter Stimme, was es enthält: »Ich muß morgen fort.«

Anhang

Zum ersten Teil

Todesverlangen

Zerstört bin ich oder zumindest so verändert,
mich selbst nicht zu kennen, denn in mir
zerstört ist das Gesetz, das mich –
bis zu dieser Stunde –
mit den andern verbrüdert:
als normaler oder zumindest nicht anormaler Junge
oder anormal wie all die andern ... Wenn auch
(muß man's erst sagen?) behaftet mit
allen Fehlern, die meine Gesellschaftsklasse
und in ihr meine soziale Kategorie
mit sich bringen – doch allemal wettgemacht vom Privileg.
Aber ich war trotzdem,
bevor du in mein Leben kamst –
es wiederum in Frage stelltest und
zu einem Scherbenhaufen machtest –,
trotzdem wie meine Kameraden.
Also ist's durch die Zerstörung all dessen,
womit ich den andern gleich gewesen,
daß ich – was unerhört
und unannehmbar – *verschieden* werde.
Die Verschiedenheit entdecke ich plötzlich:
Denn bis jetzt war sie verborgen
unter der Unrast von Trunkenheit, die mir
(und ich dachte, mir alles für immer
verschweigen zu können) deine Gegenwart gab.

Der mich verschieden gemacht, war (wie wunderbar!) an
meiner Seite.
Und war mir Erquickung; gab meinem Leben
mit der Unsagbarkeit seines Geschlechts
neuen Schwung und Erfüllung.
Die Angst und das Zagen, dich nicht mehr an meiner Seite
zu wissen,
um meinen Wunsch zu befriedigen, dich sehen und berühren
zu können,
wo du mir gleich bist, aber jünger und frischer,
ganz wie ein Kind, und doch reifer und stärker,
ganz wie ein Vater, der nichts weiß von der Göttlichkeit
seines einfachen Glieds –
sie sind nicht das Bewußtsein, dich für
lange Zeit, vielleicht für immer entbehren zu müssen.
Und das Bewußtsein des Verlustes gibt mir
das Bewußtsein meiner Verschiedenheit.
Was wird von dieser Nacht an sein?
Der Abschiedsschmerz geht über in das
tragischen Erahnen einer Zukunft,
zu verbringen in Gesellschaft eines neuen Pietro,
der so völlig anders ist als ich.
Und was erwidern, schweigend, darauf deine
ernsten und auch dunkel-erbarmungslosen
(gar schon fernen) Freundesaugen? Willst du mich
diesen Weg der Verschiedenheit vielleicht
unerbittlich bis ans Ende gehen lassen?

Willst du sagen: Wenn diese Liebe schon einmal entstanden ist,
dann hat es keinen Sinn, zurückzukehren,
und keinen Sinn, sie einfach als Zerstörung zu empfinden?
Und, wegen des Trennungsschmerzes,
kann ich ja einen finden, der an deine Stelle tritt
und in mir neu erweckt all die Gefühle

lächerlicher Zärtlichkeit und kreatürlicher Willfährigkeit,
die eben erst entstandnen und jäh unterbrochnen?

Und wenn du ein Vater gewesen ohne Runzeln und graues
Haar,
ein Vater wie er, als er nur wenig älter war als ich:
kann dann nicht ein Vater wie dieser
an deine Stelle treten? Auch wenn es
unvorstellbar und erschreckend ist,
ja vielleicht deshalb gerade?

Gleichsetzung des Inzests mit der Realität

Sind's nicht die scheinbar ganz richtigen und einfachen Dinge,
die sich am Ende als die dunkelsten und schwierigsten erweisen?
Ist das Leben nicht selbst, in seiner Natürlichkeit, schon
geheimnisvoll – und nicht erst seine Verwicklungen?
Der Abschied zwischen dir, der du gehst, und mir, einem klei-
nen Mädchen,
das du doch erst nach einem Jahr oder nach zweien heiraten
dürftest,
ist das Tragischste, was auf der Welt geschehen kann.
Und außerdem ...
Bis zu deinem Eintreffen hatte ich
– verzeih das abgedroschene Wort – unter normalen Menschen
gelebt:
Doch ich war's nicht: und mußte mich schützen
(und beschützt werden), um die peinlichen
Merkmale meiner Klassenkrankheit zu verbergen,
das heißt der Leere, darin ich lebte (unheilvoll gesund).
Diese Krankheit in mir drohte stets
ans Licht zu kommen,
mich und alles andre zu entlarven.

Also mußte man's nehmen ... mit Humor – und
wie etwas Ehrenvolles, wie eine aristokratische Gepflogenheit,
Treibhausblümchen, zu hegen in häuslicher Wärme.
Und sogar (denk dir!) als sei's eine
komisch-unerschrockne Öffnung ganz nach links:
anarchistisches Gedankengut oder etwas subversive, eisige
Gefilde,
in die meinesgleichen ganz sicher sich noch nie begeben hat ...
Du hast mich zur Normalität zurückgeführt.
Hast meinen Sinn und mein Geschlecht
auf den rechten (gepriesenen!) Weg gebracht.
Dies wundertätige Dasein deines Leibes
(der einen allzu großen Geist umschließt),
männlich-jung und väterlich,
hat meine wilde und bedrohliche
Kleinmädchenangst zerstreut ... Aber jetzt
dieser Abschied
stößt mich zurück,
weiter zurück, als ich's vorher gewesen.
Das Abschiedsweh hat diesen Rückfall bewirkt,
der viel gefährlicher ist als die Krankheit
vor meiner kurzen Gesundung.
Du liebkost mich schweigend,
vielleicht, um mich zu trösten, vielleicht auch
– mit der Grausamkeit all dessen, was nachher kommt,
mich noch mehr hineinzustoßen in die Tiefe
meines Schmerzes – hat das einen Sinn,
der ganz und gar im dunkeln liegt.
Was willst du mir andeuten, so geheimnisvoll zuflüstern?
Soll vielleicht ein andrer deinen Platz einnehmen?
Und könnte dieser Jemand nicht jemand sein,
der, wie du, den Vater mir ersetzt,
Pietros Vater, den ersten Vater?
Warum denn nicht mein eigner Vater?

Oder willst du mir, mit schrecklichen
und stummen Worten der Gerechtigkeit,
einflüstern, daß die eine Wahrheit,
die stets unvorstellbare und blutschänderische,
der vollen, ganzen Wahrheit gleichzusetzen sei?

Verlust der Existenz

Meines Mannes Interesse für seinen Industriebetrieb
ist schon so alt wie er selbst, hat ihn nie verlassen,
hat immer zu etwas gehört, was man nicht beschreiben kann:
sein Leben mit seiner Arbeit.
Wäre er als Bauer auf die Welt gekommen,
hätte er das nämliche Interesse für den Boden
und alle Ackergeräte;
wäre er als Seemann auf die Welt gekommen (noch vor einem
Jahrhundert),
hätte er das nämliche Interesse für das Meer und für sein Schiff.
Also, er hat sein Leben lang gearbeitet
für einen großen Industriebetrieb, den er von seinem Vater
(dem Gründer) erbte, und sein Interesse war . . . natürlich.
Wie noch jede Geschichtsepoche, hat auch die unsre
die Natur rekonstruiert und mit ihr die Natürlichkeit.
Als Angehöriger der oberitalienischen Bourgeoisie
hat mein Mann Paolo seiner Natur gemäß und mit Natür-
lichkeit gelebt
(fast als wäre seine Fabrik
wie der Boden oder das Meer).
Sein Interesse für seine Arbeit
und für seinen Verdienst (riesengroß,
unsern Feinden zufolge ungerecht)
ist das nämliche, das einen im Traum zum Handeln zwingt.
Ein unbestimmtes Muß. Ich will sagen,

ein objektives, reines, kulturelles Interesse
für die Existenz hat er nie gehabt.
Ist Odettas Familienkult etwa
ein objektives, reines,
kulturelles Interesse?
Das Naive hat er vielleicht
und das Intensive und Uneigennützige:
aber im Grunde doch nur vergleichbar wie Geisterbeschwörung
der echten Religion
oder wie Spiel der echten Arbeit.
Einen Abklatsch hat sie sich gemacht von diesem Interesse,
und mit dem Abklatsch vertrödelt sie ihre Zeit
(vielleicht ahnt sie deren Leere,
die nur durch Kummer in ihr Bewußtsein dringen kann).
Pietro lernt: Er muß, und sei's in den
Mauern unsres besten städtischen Gymnasiums,
irgendeinem verpflichtenden Interesse nachgehen ...
Jetzt liest er gerade
das ›Gastmahl‹ ... Kann er das
so ungestraft lesen?
Kurz und gut, in meiner Familie führen wir alle
ein Leben, wie es sein soll;
die Ideen, nach denen wir uns und die andern
und Werte und Ereignisse beurteilen,
sie sind, wie man so sagt, Allgemeingut
unsrer ganzen sozialen Schicht.
In dem Sinn war ich schlimmer als alle andern.
Wie ich lebte, ist schwer zu sagen;
wieso mir zum Leben die Natürlichkeit des Lebens reichte;
ganz in meinem Hause und in meinen Gefühlen aufzugehen,
schon fast wie eine Bäuerin in ihrem Familiennest,
die mit Krallen und mit Zähnen kämpft für ihre Existenz!
Wie konnte ich in so viel Leere leben? Aber ich lebte darin.
Und ohne daß ich's wußte, war diese Leere

voller Konventionen, nämlich voll von einer
tiefen moralischen Abscheulichkeit.
Meine natürliche Anmut hat mich anscheinend gerettet:
eine Anmut, die verkümmern sollte.
Wie ein Fleck im Garten, den keiner betritt.
Sie war ... in meinen anscheinend gnadenlosen Augen,
in meinem Mund, in meinen hohen, sanft geschwungenen
Wangen ...
in meiner Figur, ganz die Magerkeit eines (weh mir!)
manierierten Backfischs ... und wohl, ja sicher, sie war auch
in meinem Herzen, das schüchtern zwar, aber doch zu fühlen
imstande.
Dort jedenfalls verwelkte sie.
Wie ein Altwerden war das
(mit ersten übermäßigen Blässen, mit ersten
noch unmerklichen, verdammten Falten). Sie wäre
restlos verdorrt – es hätte auch das Ende eines
unnützen Lebens bedeutet –, wärst du nicht gekommen.
Du hast mit einem reinen, verrückten Interesse
ein Leben erfüllt, das ohne Interesse war.
Du hast das dunkle Knäuel all der falschen
Ideen entwirrt, von denen eine Bürgersfrau lebt:
die schrecklichen Konventionen, das schreckliche
Gutgelauntsein,
die schrecklichen Prinzipien, die schrecklichen Pflichten,
die schreckliche Höflichkeit, das schreckliche Demokratischsein,
der schreckliche Antikommunismus, der schreckliche Faschismus,
die schreckliche Objektivität, das schreckliche Lächeln.
Was ich nicht alles über mich weiß – wirst du sagen. Ich hab'
das Wissen durch einen Zauber erlangt – und jetzt rede ich
schon
wie im Monolog eine Tragödin!
Seltsam, daß Schmerz die Merkmale
von Natürlichkeit und Wahrheit an sich trägt,

was normalerweise nur in den tödlichen Augenblicken des
Lebens so ist:
Zu bedrohen scheint er's nicht. Vielleicht, weil
deine Liebe in mir nichts andres zerstörte
als die Reputierlichkeit einer sittsamen Bürgerlichen . . .
Während du mich liebkost, so verständnisvoll und
erbarmungslos,
frage ich im stillen: Wozu willst du mich eigentlich treiben?
Zu etwas, was mich schon irgendwie entschädigen
und trösten, aber andererseits nur immer
weiter in den Abgrund führen kann,
auf den ich ja schon zuging, als ich mich
zum Ehebruch mit dir entschloß?
Willst du mir vielleicht einreden, du Junge, daß man
deinen Körper und deine Seele ersetzen kann mit dem
Körper und der Seele eines Jungen, der dir gleicht?
Daß dessen Augen für mich auch das azurne Leuchten
von Wollust und Zärtlichkeit haben könnten?
Und seine breiten Hände die unbeholfne, anbetende Schwere,
die beim Liebkosen weh tut, ohne es zu wissen?
Vielleicht einer, der vor meinen Augen herangewachsen
zum Mann
. . . wie ein Sohn . . . ja, zum jungen Barbaren,
der ungehemmt die Kopulation will?
Und wenn er schon dem Alter nach zu sein hat wie mein Sohn
(seine Nacktheit das Sakrileg, die Erektion das Unmögliche),
warum dann nicht wirklich mein Sohn?
Ist diese völlig extreme Wahl
– ohne Möglichkeit zur Umkehr –
das einzige, um ein Leben zu retten,
in dem es kein Interesse gibt und dessen
Leere nur angefüllt ist mit falschen Werten?
Ist eine schändliche Unmoral, die so weit geht, den zu berühren
und dem sich zu geben, der noch mehr Junge ist als alle andern

– der eigne Sohn, der zum Mann geworden –
ist sie das einzige, das falsche Recht zu zerstören
und – sei's auf unrechte Weise – in der Wahrheit zu leben?
Aber darf ich so etwas
überhaupt denken?

Die Zerstörung der Selbsteinschätzung

Also du bist in dieses Haus gekommen, um zu zerstören.
Und was hast du in mir zerstört?
Nichts mehr und nichts weniger als
– mit meinem ganzen vergangnen Leben –
die Meinung, die ich seit eh und je von mir selber gehabt.
Und weil ich mich seit langem schon
so geformt hatte, wie ich mich formen sollte,
und mein Bild also nahezu vollkommen war,
was bleibt jetzt noch von mir übrig?
Ich wüßte nicht, was mich in meiner Identität
wiederherstellen könnte. Ich seh' dich an: Du hörst nicht
unbeteiligt zu – du teilst dich ja nicht –,
sondern hingebungsvoll – einem jeden gibst du dich voll und ganz.
Und doch, wie kann deine tröstliche Gegenwart
von solcher Reinheit sein, daß sie fast einen
klaren Willen zum Abstand zeigt?
Wozu mich trösten, wenn du, was ja bei dir liegt,
deine Abreise verschieben, ja sogar
aufgeben könntest? Aber du wirst gehen:
Das steht völlig außer Zweifel.
Demnach dient deine Barmherzigkeit einem andern,
geheimnisvollen Ziel.
Oder willst du mir sagen (nicht mit Worten,
einfach damit, daß du ein Junge bist),

mein Sohn oder meine Tochter
könnten jetzt deinen Platz einnehmen?
Ein ganz verrücktes Ansinnen (bedingt vielleicht
durch irgendein dunkles Wollen in mir),
und doch ein gerechtes, wenn es, auch nach seiner
Verwirklichung
(meines Sohnes bloßes Glied, meiner Tochter bloße Scheide),
andres nicht wäre als ein Symbol: und du mich solcherart
treiben wolltest zum absoluten Verderben,
dazu, das Leben über sich selbst hinauszurücken,
dazu, es für immer und ewig festzunageln
außerhalb der Ordnung und des nächsten Tages,
und das alles zur einzig realen Normalität zu machen.
Vielleicht, weil einer, der dich geliebt, imstande sein muß
(ein jeder übrigens – aber er weiß es nicht),
das Leben anzuerkennen unter allen Umständen
und in allen Augenblicken? *Anzuerkennen*, nicht nur
zu erkennen, nicht nur zu leben!
Sind es – »großzügigerweise«, sagst du in meiner banalen
Bürgersprache –
die überhaupt nicht vorstellbaren Ausnahmen – die
unerträglichsten,
die am weitesten von jeder Möglichkeit entfernten,
gedacht, geschweige denn genannt zu werden –
sind sie vielleicht die besten Mittel,
um das Leben *anzuerkennen*?
Ausnahmen also, die ja nichts andres
sein können als Symbole
– da sie in der Realität, wie alles Reale,
aus nichts gemacht und für nichts bestimmt sind?

Einverständnis zwischen dem
Unterproletariat und Gott

Von dir verabschiede ich mich zuletzt,
gerade ein paar Minuten, ehe ich gehe;
und die Koffer sind schon gepackt,
und das Taxi ist schon bestellt.
Von dir zuletzt und hastig: Warum?
Weil ich auf deine Armut sehe und auf
deine soziale Unterlegenheit?
Und mich also mit dir nicht so verausgabe,
als habe dein Körper nur geringeren Wert
und dein Geist nur das ruhelose, dumme,
engelsgleiche, schattenhafte Huschen eines Tiers?
Nein, nichts von alledem.
Von dir verabschiede ich mich schlecht und hastig und zuletzt,
weil ich weiß, daß dein Schmerz keinen Trost hat
und auch keinen zu verlangen braucht.
Du lebst völlig in der Gegenwart.
Wie die Vögel des Himmels und die Lilien auf dem Feld
denkst du nicht an morgen. Doch haben wir jemals
miteinander gesprochen? Kein einziges Wort
haben wir gewechselt, fast als hätten
nur die andern ein Bewußtsein, du aber nicht.
Und dennoch, arme Emilia,
du Mädchen von geringem Wert,
Ausgestoßene, Entrechtete der Welt,
du hast ein Bewußtsein.
Ein Bewußtsein ohne Worte.
Also auch ohne Geschwätz.
Eine schöne Seele hast du nicht. Aus all diesen Gründen
sind die Hast und die Formlosigkeit
unseres Abschieds auch nur äußeres Zeichen für ein

geheimnisvolles Einverständnis zwischen uns beiden.
Das Taxi ist da . . .
Wenn ich fort bin, wirst du allein wissen,
daß ich niemals wiederkehre, und wirst mich suchen,
wo du mich wirst suchen müssen: und wirst gar nicht auf die Straße
sehen, auf der ich fortgehen und entschwinden werde;
doch alle andern, als sei's zum ersten Mal;
denn mit einer ganz neuen Bedeutung
in ihrem Reichtum und in ihrer Häßlichkeit
wird diese Straße in ihr Bewußtsein dringen.

Zweiter Teil

1

Emilias Korollar

Mit einem großen Pappkoffer in der Hand tritt Emilia aus dem Haus und macht still und leise die Tür hinter sich zu, als wolle sie fliehen. Und wirklich geht sie heimlich fort. Sie sieht sich um. Überall tiefes Schweigen. Sie ist unschlüssig. Nun öffnet sie die Tür wieder einen Spalt breit und wirft einen Blick hinein. Die Flucht von Dielen und Zimmern, bis hin zum großen, von traurigem Sonnenlicht durchfluteten Wohnraum, liegt verlassen da. Wieder macht sie die Tür hinter sich zu. Ein Ausdruck von Genugtuung, Härte, ja, von Besessenheit entstellt ihr Gesicht: Aber in diesem Ausdruck liegt auch etwas heilige Schläue.

Auf Zehenspitzen geht sie die Freitreppe hinunter und trägt dabei den Koffer in der Art, wie die Bäuerinnen den Eimer vom Brunnen schleppen: völlig auf die eine Seite gebeugt, mit ausgestrecktem Arm, die Hand rot und angeschwollen; und der andere, freie Arm rudert töricht und ungeniert durch die Luft.

Auf ihrem ganzen Weg durch den Garten zur Straße sieht sie sich immer wieder um, schlau und unsicher, und beschleunigt ihren Schritt, wobei sie mit dem freien Arm noch mehr rudern muß, um das unsichere Gleichgewicht zu wahren. Was enthält denn dieser riesige Pappkoffer? Blei? Arme Emilia, es sind alle ihre Reichtümer und Andenken. Sie schleppt sie mit sich, was ebenso heroisch wie nunmehr sinnlos ist.

Jetzt steht sie auf der Straße. Dieselbe Straße, auf der tags zuvor oder ein paar Tage zuvor oder eine unbestimmbare Zeit zuvor das Taxi mit dem Gast entschwunden ist.

Das nämliche Schweigen, das nämliche Licht. Die Anwohner dieser Gegend leben danach ihren Tagesrhythmus. Balkons und Pergolen im Jugendstil, Geländer in der Manier des achtzehnten Jahrhunderts sowie Eckquader aus Beton und fliesenverkleidete Wandflächen stehen gegen den Himmel über all den Gärtchen mit ihrem dunklen, schäbigen Grün kleiner anmaßender Kiefern oder gar einiger abenteuerlicher Palmen.

Sie durchläuft diese ganze gerade Flucht, langsam und sich abschindend mit ihrem Riesenkoffer – den sie einmal in die eine, einmal in die andere Hand nimmt –, und wird im Hintergrund immer kleiner, bis man sie gar nicht mehr sieht.

Sie kommt zu einem großen runden Platz mit einem grünen Beet in der Mitte, ringsum ein Strahlenkranz von Straßen, alle gleichartig, alle mit den gleichen Perspektiven. Große Häuser. Und unter dem Geäst der städtischen Kastanienbäume verschwimmt alles im Nebeldunst. Straßenbahnen und Autobusse kreisen pausenlos um den Platz, dazu Ströme von Personenwagen; ein ununterbrochenes Motorengeräusch, und jetzt fangen auch noch die Sirenen an: zum Mittag oder zum Abend oder zu irgendeinem andern Schichtwechsel in den Fabriken. Die Menschen um Emilia scheinen von all dem nichts zu sehen und zu hören; wie auch Emilia selbst. Brav, gedankenverloren und gefaßt warten sie alle an der überdachten Haltestelle auf ihr öffentliches Verkehrsmittel. Da kommt schon der Bus, ungastlich, vorschriftsmäßig, glänzend; und fährt wieder ab mit neuer Ladung, verliert sich in einer jener Straßen, die von dem großen, verkehrsreichen runden Platz ausstrahlen in einen Hintergrund schwebender Dunstschleier . . .

Emilia steht unter einer überdachten Haltestelle – einer größeren, mit einer langen Rückwand und Steinbänken. Zu Emilias Füßen ihr zerbeulter Koffer. Sie hält ihn zwischen die Waden geklemmt, gerade wie ein Hund, der keine Sekunde aus den Augen läßt, was man ihm anvertraut hat. Die wartenden Menschen um sie herum, ebenfalls mit Koffern, gleichen ihr mehr als die andern vorhin. Bauern sind es, wie Emilia, die hin- und herpendeln zwischen Mailand und ihren kleinen Dörfern in der Bassa. Folglich ist der Autobus, der jetzt kommt, ein großes, altes und fast schon ausrangiertes Vehikel. Nach endlosem Warten kommt er angefahren; und nach ebenso endlosem Warten – er ist schon lange voll besetzt mit all diesen regungslos-schweigend verharrenden Menschen – fährt er ab.

Auf dem kleinen Platz am Rande eines Dorfes bleibt der Autobus stehen. Ganz weiß und trostlos ist dieser kleine Platz. An der einen Ecke ein Lebensmittelgeschäft, gleich daneben ein Schaufenster voller Särge, in der Mitte eine Kaffeebar mit Neonschrift und blanken Scheiben, aber drinnen nur die alte, abgestandene, kalte Dorfmisere. Eine Reihe von Leuten kommt langsam aus der Vordertür des Autobusses: alte, stiernackige Bauern, Frauen in dunkler Kleidung, ein paar Schüler, ein Soldat und am Ende Emilia mit ihrem unförmigen Koffer, der sie ganz krumm gehen läßt.

Die Mitreisenden zerstreuen sich im Schweigen des Dorfes, durch schmale, lange, aber sorgfältig geteerte Gassen, wo der Verputz an den Häusern, die alle aus dem vorigen Jahrhundert stammen, erst vor kurzem durchweg mit hellen und kalten Farben frisch getüncht wurde.

Auch Emilia verliert sich in einer dieser Gassen, wo man nur ein paar Kinder sieht – vermummt, aber wie im Märchen gar nicht ärmlich – und ein paar Hunde. Im Hintergrund das freie Land, eine zitternde, durchsichtige Szenerie von Pappeln, deren erstes Grün etwas ungewiß Erdfarbenes hat und deren Knospen ebenso zusammengerollt und spärlich sind wie die welken Blätter.

Ein herrlicher Nebelschleier macht aus diesen Pappelreihen

in der Ferne eine Szenerie, die schon zu viel Raffinement besitzt für diese heilige, weil bäuerliche Einsamkeit.

Es ist die gleiche Landschaft, durch die vor einiger Zeit der Vater Paolo und der Gast im Wagen bis an den Po gefahren sind; oder, wenn ihr wollt, auch die gleiche, die Renzo, wie in Manzonis poetischsten Seiten berichtet wird, zu Fuß bis zur Adda durchwanderte.

Aber irgend etwas Unnatürliches hat diese Unmenge von Pappeln an sich, die Wiesen und Himmel vorn und hinten und rechts und links flankieren; Umrahmungen von Pappeln, so weit wie Exerzierplätze oder die Plätze im Fernen Osten oder auch schmal und genau abgemessen wie die Grundrisse von Kathedralen; und durchscheinend, die einen durch die andern, bis ins Unendliche: Eine schräg verlaufende Reihe scheint durch eine gerade hindurch; eine gerade durch eine andere, die parallel zu ihr verläuft; und diese wieder durch eine lotrechte; und weil das Terrain wellig ist, hat dieses Durchscheinen von Pappelreihen durch Pappelreihen kein Ende: ein immenses Amphitheater wie auf alten Schlachtengemälden. Und in diesem unnatürlichen, tiefen Frieden (dessen Unnatürlichkeit und Tiefe wahrlich nicht nur auf die Natur selbst zurückgeht – die dort so passiv und so mächtig arbeitet wie auf dem Boden des Meeres –, sondern ebenso auf die Zellulose-Industrie) erscheinen hier und dort, wie eine Handvoll Kostbarkeiten, ernste Kirchtürme mit ihrem Pasticcio von Kuppeln gleich daneben, die rotbraun, fast rostfarben und blutrot überlaufen sind (das Seicento und Settecento strenger Orte, die jetzt dahinsiechen in Erwartung ihres Endes).

Durch diese Gegend – auf einer langen, schmalen, sauber asphaltierten Straße – zieht jetzt Emilia mit der Last ihres Riesenkoffers. Eine lange Zeit geht sie so dahin, bleibt hie und da stehen, um die Last von der einen in die andere ihrer geduldigen Hände zu wechseln: mutterseelenallein in dieser Weite aus Pappeln, Feldern, Himmel und Reklameschildern. Schließlich kommt sie zu einer Weggabelung. Von der asphaltierten Straße zweigt ein dunkler Feldweg ab mit seinem langgezogenen Rückgrat aus Gras (zwischen den ehemaligen Fahrspuren der Karren); den schlägt sie jetzt ein und geht mit rascheren Schritten auf ein einsames Bauerngut zu, das sich, groß und von rötlicher Farbe wie eine Kaserne, am Ende der Pappelreihen über dem schwermütigen Grün erhebt.

Der Innenhof des Bauernguts ist menschenleer. Eine verschleierte Sonne erfüllt ihn überall, läßt kaum einen Hauch von Schatten in irgendeinem Winkel aufkommen.

Ringsum langgestreckte, niedrige Gebäude mit roten Dächern. Auf der einen Seite der große Trakt der (lautlosen) Ställe im Schatten zweier runder Silos, die baufällig und streng aussehen wie die Kirchtürme in der Ferne, hinter den ungezählten Pappelreihen. Auf der anderen Seite ein Wohngebäude, dessen Fensterläden alle geschlossen sind; nur die graue Glastür ist angelehnt, aber die Scheibe ist verdeckt von einer traurigen, fleckenlosen Gardine. Weiter vorn noch ein ärmliches Haus, vielleicht auch ein Stall, und dann ein Haufen roter Ziegel inmitten von allerlei Gerät, blutigrot und wie für alle Zeiten dort abgestellt, um zu verrosten; und zwischen dem einen und dem andern Gebäude (in ihrer Art ebenso phantastisch und pedantisch wie die fürstlichen Kasernen im Settecento) die zarten Erscheinungen der Pappeln inmitten der Nebelschleier, auf welliger Fläche, die – vielleicht, weil dort ein Fluß ist – von Böschungen und Dämmen durchkreuzt wird.

In der Mitte des Innenhofes, wo noch die Reste eines verbrauchten Zementbelags zu erkennen sind, spielen auf einem Sandhaufen zwei Kinder, eingemummt in ihre ärmlichen, aber sauberen Sachen, genau wie auf Märchenbildern. Sie haben die roten, ausdruckslosen, schon erwachsenen und verständigen Gesichter ihrer bäuerlichen Eltern. Mit einem Ausdruck der

Neugierde ohne jede Verwunderung – vielleicht ist es Schüchternheit oder auch die gute Erziehung, die sie zu Hause oder in der nahegelegenen Volksschule bekommen haben – starren sie auf die ankommende Emilia, die stumm diesen großen Hof betritt.

Und stumm sieht Emilia sie an.

Den ganzen Weg hat sie ihren Koffer mitgeschleppt, vorwärtsgetrieben wie von der aberwitzigen Entschlossenheit einer Erpresserin oder Kindsmörderin. Nun steht sie da auf diesem Innenhof, und vor ihr das Haus, in dem sie früher gewohnt hat und das durch ihr Schweigen und ihre Angst nur noch heiliger wird. Ein Hund kommt angelaufen und beschnüffelt sie.

Sie geht noch ein paar Schritte in den Hof hinein – man sieht schon, wie hinter der Tür die weiße Spitzengardine gehoben wird und sich irgendein mißtrauisches, feindseliges Gesicht an die Scheibe preßt – und vergißt zum erstenmal, den Koffer wieder in die Hand zu nehmen, der da auf der gestampften Erde sich selbst überlassen bleibt, schwer, allein und nutzlos.

Ganz hinten, hinter dem Haufen roter Ziegel und Gerätschaften, steht – gewiß schon seit Emilias Kindheit – eine alte, von Sonne und Regen verwitterte Bank. Emila erkennt diese Bank wieder, geht auf sie zu mit einem Schritt, der wieder so besessen und entschlossen ist wie vorher, setzt sich und bleibt steif und unbeweglich sitzen im Licht der beziehungslosen Sonne.

2

Odettas Korollar

Das Haus liegt still und verlassen da. Eigentlich ist das immer so, denn es ist ja zu groß für die wenigen Menschen, die es bewohnen, und Lucia hat dem Personal eingeschärft, nicht zu reden und sich abseits zu halten. Aber es liegt etwas Besonderes über dem heutigen Schweigen und der heutigen Leere. Als sei das Haus tatsächlich unbewohnt.

Der Gast scheint nicht nur das Leben der Hausbewohner mit sich genommen zu haben, er scheint sie auch voneinander getrennt zu haben, indem er einen jeden *allein* ließ im Schmerz über den Verlust und mit einem nicht weniger schmerzlichen Gefühl von Erwartung.

Also ist es, als sei Odetta ganz allein. Sie durchläuft das Haus von oben bis unten, als suche sie irgend etwas in dieser Leere. Aber sowohl das Haus selbst als auch der Garten sind offenbar in einen Schlaf endgültigen und teilnahmslosen Schweigens gefallen.

Odettas Gesicht aber ist nicht zu enträtseln während dieser ihrer ergebnislosen Erkundungsgänge. Ja, doch: Etwas wie gute Laune (ein gewitztes und ... humorvolles Lächeln, ganz tief in den Augen) verändert vieldeutig ihre Züge.

Sie geht ans Ende des Gartens, zu der Stelle, wo sie und die Ihren, über das niedrige, mit Schlingpflanzen bewachsene Eisengitter gebeugt, den Gast zum letzten Mal gesehen haben – wie er davonfuhr und entschwand –, und blickt hinein in die Flucht der leeren Straße.

Was sie ausgerechnet in der Leere sucht, ist nicht ersichtlich.

Und diese Leere ist noch trauriger, beleidigender und normaler als irgendwann sonst. Zement, kostbares Baumaterial, Zierkanten in düsterem Jugendstil und sinnlose, verblaßte Koniferen reihen sich aneinander in dieser langen Flucht ohne jeden Schimmer von Hoffnung und Realität.

Mit einem krampfhaften Lächeln sieht Odetta da hinaus.

Dann macht sie auf den Fußspitzen kehrt und geht mit gekünstelten, spaßigen Schritten (den Schritten eines gestiefelten Katers) wieder ins Haus. Die letzte Strecke rennt sie beinahe. Aber als sie in der Mitte des Wohnzimmers angekommen ist, bleibt sie mit einem Ruck stehen. Sie sieht sich um, hat die Lippen zusammengepreßt (auch dabei wirkt sie immer noch recht komisch) und gibt nun durch diese schmalen, in die Länge gezogenen Lippen so etwas wie einen Singsang von sich. Lange Zeit verharrt sie in dieser Stellung. Dann wandert sie wieder weiter.

Diesmal begibt sie sich ins Schlafzimmer des Vaters. Aber da bleibt sie nur einen Augenblick. Ein Augenblick, Zeit genug, um bis drei zu zählen: Eins, das ist die Stelle, wo ihr Vater gelegen hat, zwei, die Stelle, wo sie, Odetta, gesessen hat, und drei, die Stelle, wo der junge Gast sich hinzusetzen pflegte. Nach diesen raschen Blicken flieht Odetta, ja, sie flieht regelrecht; hinaus in den Garten, und zwar dorthin, wo der Vater während seiner Genesung im Liegestuhl aus Rohr ruhte.

Hier ist Odettas Ortsbesichtigung wirklich lange und umständlich. Sie betrachtet die Stelle, wo ihr Vater gelegen, die Stelle, wo der Gast gesessen, und die Stelle, wo sie selbst gesessen hat.

Im Gras (das jetzt wieder verwildert ist wie vor undenkbaren Zeiten) ist keine Spur mehr zu erkennen von ihren »vergangenen« Siesten, von diesen so sehr genossenen mittäglichen Ruhestunden, wo ein Leben wiedererstanden war und eine Liebe geboren wurde. Aber in Odetta ist offensichtlich die Erinnerung noch lebendig und genau.

Sie geht zu der Stelle, wo ihr Vater gelegen hat, und mißt mit Schritten, so genau wie es nur geht, die Entfernung zu der anderen Stelle, wo der Gast gesessen hat; und dann bis zu der Stelle, wo sie selbst gesessen hat; schließlich, mit demselben Verfahren, die Entfernung von der Stelle, wo sie selbst gesessen hat, zu der Stelle, wo der Gast gesessen hat. Aber sie ist nicht zufrieden (verzieht den Mund in komischem Zweifel, rümpft sogar die Nase). Also läuft sie wieder ins Haus, und diesmal bis in die Küche.

Dort befindet sich das neue Dienstmädchen, das seltsamerweise auch Emilia heißt. Sie ist nicht mehr jung und recht klein (mit einem blassen, verhärmten Gesicht und großen mitleiderregenden Augen). Odetta bittet sie um ein Metermaß, und das neue Mädchen gibt es ihr, schweigend und eilfertig.

Mit diesem Metermaß in der Hand begibt sich Odetta frohlockend wieder in den Garten hinunter. Und dort wiederholt sie ihre Messungen, diesmal auf den Millimeter genau. Und sie unterbricht sich dabei nur, um mit nachdenklichem und auch ein wenig belustigtem Gesicht rasch ein paar Berechnungen anzustellen. Ja, sie lacht sogar ein ganz klein wenig vor sich hin.

3

Auf dem Bauerngut

Hinter den Pappelreihen geht rosa der Mond auf; das scheint gar nicht der Mond zu sein, sondern ein blutendes, unförmiges Stück aus irgendeinem großen, lieblichen, zerfleischten Körper.

Auf den Innenhof des Bauerngutes, wo übrigens ein Lämpchen perlfarben glänzt, wirft er einen Lichtschein von unerträglicher Milde.

Rötlich und verwittert ringsum das Bauerngut; im Dämmerlicht ist nichts Rustikales mehr an ihm, und die Silhouetten der beiden Silos, der Ställe und der roten Ziegelmauern sind beinahe ehrwürdig.

Mitten in dieser verwaschenen Szenerie sitzt Emilia stumm auf ihrer Bank: *genau so, wie sie sich damals hingesetzt hatte.*

Ihr Koffer steht nicht mehr in der Mitte des Hofes. Etwas Licht dringt auch noch durch die Glastür des Bauernhauses, und die schneeweißen Gardinen sind hochgezogen. Hinter den Scheiben erkennt man die Gesichter der Hausbewohner, die hinausstarren: natürlich auf Emilia. Ein alter Mann, eine alte Frau mit schwarzem Kopftuch, eine junge Frau, noch ein Mann, der zwar auch jung, aber dick und zu rot im Gesicht ist, und am unteren Rand der Scheibe die ebenfalls runden, roten Gesichter der beiden kleinen Kinder, aufmerksam und ausdruckslos. Dies alles sind graue, allenfalls schwach gerötete Schatten unter dem Weiß der Gardinen. Der Mond dringt nicht bis zu ihnen, während er doch den Hof mit seinem zerbröckelten Zementbelag, seinem Sandhaufen und seinen roten Ziegelsteinen aufleuchten läßt wie einen Teich oder wie die kostbare Ruine einer alten Kirche.

4

Wie Odetta schließlich Gott verliert oder verleugnet

Odetta hat sich über eine große Truhe gebückt (in ihrem kleinen Zimmer, wo sie zum ersten Mal durch den Körper des jungen Gastes die Liebe erfahren hat). Mit der entrückten und etwas komisch wirkenden Ausdauer, die sie in diesen Tagen ihres Lebens an sich hat, ist sie im Begriff, die Truhe völlig auszuräumen.

Und das ist kein geringes Unterfangen, denn diese Truhe enthält ihre gesamte Kindheit, veranschaulicht durch eine Unmenge von Raritäten, von denen einige ohne weiteres zu identifizieren sind, während andere nur von Odetta selbst wiedererkannt werden können und sonst keine Bedeutung, keinen Wert oder sogar keine Gestalt haben.

Langsam leert sich die Truhe; und in der Tiefe, wirklich ganz in der Tiefe und daher im Wortsinn vergraben, kommt schließlich das Fotoalbum zum Vorschein. Sie holt es heraus, fast unwillig, wie aus alter Gewohnheit, die keinen Reiz mehr hat; dann blättert sie es durch.

Bald kommt sie zu den Seiten, wo die kleinen Bilder stecken, die sie vom Vater und vom Gast gemacht hat: verblaßte und unscharfe Fotos, als seien sie viel älter als in Wirklichkeit; Odetta betrachtet sie lange, eines nach dem andern (es sind ungefähr zehn).

Auf dem einen Bild sieht der Gast von seinem Buch auf, in dem er gelesen hat, und lächelt; in dieser Stellung hat er mit einer unvermuteten, jugendlichen, männlichen Bewegung die Beine gespreizt: So erscheint die Schönheit seines Körpers in ihrer ganzen Heftigkeit. Odetta streicht mit ihrem dünnen Zeigefinger über diesen Körper, als wolle sie ihn gleichzeitig wiedererkennen und liebkosen. Es ist dies eine wohlbedachte, doch unsichere und kindliche Geste, die recht und schlecht den Konturen des abgebildeten Körpers folgt, bis sie schließlich den Schoß berührt. Doch hier ballt Odetta plötzlich ihre Hand zur Faust.

Sie steht auf und wirft sich aufs Bett, das Gesicht ins Kissen gedrückt. Man kann nicht erkennen, ob sie weint oder dies zum Scherz tut. Aber als sie sich nach einer langen Zeit umdreht, mit dem Gesicht nach oben, auf ihrem Bett erstarrend, da hat sie einen völlig veränderten Ausdruck: ohne Grimassen, ohne Lächeln, ohne Albernheiten, ohne Spaß, das heißt jetzt: ohne Ablenkungs- oder Verteidigungsreaktion. Nun ist sie ausdruckslos, regungslos und ganz Aufmerksamkeit: Sie sieht ins Leere, nach oben, und nur etwas wie ein Staunen bewahrt sie noch vor der völligen Erschlaffung.

Die Dunkelheit, die das Zimmer erfüllt, scheint eine fast gewollte Bedeutung zu haben: wie die Zeit abläuft, ihrer unnützen Fatalität gemäß; der Abend ist da für unaufschiebbare Pflichten, und wer ihnen nicht nachgeht, spürt den Schmerz einer Freiheit, die ihm grausam vorkommt. Das Dunkel ist eine Lektion: eine Lektion, die den Vätern und den Vätern der Väter recht gibt mit ihren Ermahnungen zu Normalität und Pflichtbewußtsein. Also vernimmt man eine Glocke, wenn auch aus weiter Ferne, und außerdem Stimmen, mehr aus der Nähe (vielleicht vermischt mit einer undeutlichen Musik, Hinweis auf ein Familienleben nach beendetem Arbeitstag); und ebenso Lebenszeichen aus dem Hause selbst.

Doch Odetta scheint für all dies unempfänglich zu sein: für die tragische Lektion der Dunkelheit, für die Tröstungen, die sie in Aussicht stellt, für die verabsäumten Pflichten und für die furchtbare Freiheit des Nichts, die sie an die Stelle des Alltagslebens gesetzt hat.

Ohne sich zu rühren, bleibt sie ausgestreckt auf ihrem Bett liegen, mit dem Gesicht nach oben und gerecktem Hals.

So findet sie die neue Emilia; sie will sie zum Essen holen und knipst das Licht an. Ein ganz und gar unangebrachtes, absurdes Licht, denn es deckt eine Realität auf, die im Schutz der Dunkelheit nicht nur besser durchzuhalten ist, sondern auch mehr Wahrheit besitzt.

Die neue Emilia – mit ihren großen Augen, die ohnehin schon dauernd erschrocken sind – rüttelt also Odetta erst sanft und dann, in den Grenzen des schuldigen Respekts, doch etwas fester. Aber Odetta sieht und hört sie nicht. Und wie die neue Emilia – die Ärmste, sie will sie zum Essen ermuntern – schließlich Odettas Arme packt, da merkt sie, daß die eine, die rechte Hand zur Faust geballt ist.

Mag dies jetzt auch unlogisch erscheinen, aber die ganze Familie ist um Odettas Bett versammelt (das Tageslicht scheint siegreich durch die Glastür herein). Und doch ist jeder für sich allein, während er seiner Familienpflicht Genüge tut. Zugegen ist auch – er ist die Hauptperson – der alte Hausarzt, der nach soeben beendeter Untersuchung dies arme dahingestreckte Persönchen noch einmal ansieht und, skeptisch und zutiefst betrübt, seine Instrumente einpackt.

Odettas ausgestreckter Arm ist eng an den Körper gepreßt, die Hand zur Faust geballt . . .

In Odettas Leben verändert sich hinfort nichts mehr: So, auf diese absurde, enttäuschende Art, hat sie's ein für allemal beschlossen und festgelegt. Da liegt sie also in ihrem Bett, regungslos, mit dem Gesicht nach oben, die Augen – teilnahmslos und nur ein wenig erschrocken – starr ins Leere gerichtet, die geballte Faust fest an die Seite gepreßt.

Aber da kommt die neue Emilia ganz aufgeregt in das (nun leere) Zimmer, wobei sie die Tür mit der Schüchternheit armer

Bauern öffnet – denn auch sie ist ein Bauernkind –, die sich immer schuldig fühlen und Angst haben, zu stören. Mit verschreckten Augen kommt sie herein, denn läge die Schuld diesmal bei ihr, wäre es in der Tat eine große und entsetzliche Schuld.

Sie sieht aufs Bett, wo das Fräulein liegt, sieht hinaus in die Diele und sieht dann wieder aufs Bett, wo dieser abwesende Körper sie nicht einmal wahrgenommen hat.

Atemlos, naiv kommt aus ihrem Mund der Ruf: »Fräulein!«, wie eine Warnung vor einer neuen Gefahr oder vor einem neuen Schmerz. Aber der Ruf bleibt ihr halb in der Kehle stecken, und ihre Augen weiten sich, glänzen vor erschrockener Zuneigung.

Dann tritt sie zur Seite, und zwei weißgekleidete Männer (die so gar nicht in dieses Haus hereinpassen; sie haben die harten und kräftigen Gesichtszüge eines anderen Menschenschlages) kommen mit einer Tragbahre ins Zimmer.

Mit einer Vorsicht, die nichts weiter ist als gleichgültige Geschicklichkeit, ergreifen sie Odettas kleinen Körper (wie ein Ding) und legen ihn auf die weiße Bahre. Dann gehen sie wieder, so rasch, wie sie gekommen sind.

Draußen, wo der Garten aufhört, wartet ihr Kollege am Steuer des Sanitätsautos: Er läßt augenblicklich den Motor an. Die Tragbahre mitsamt ihrer Last wird in den Wagen gehoben; und der fährt ab, weiß und lautlos.

Rasch fährt er dieselbe Straße entlang wie einst der junge Gast und verschwindet auf die nämliche Weise: Immer gleich ist diese Straße in ihren stillen, traurigen Stunden, in denen nichts geschieht.

Jetzt schiebt man Odetta auf einer fahrbaren Tragbahre durch den weißen Korridor einer Klinik – einer modernen, vornehmen, freundlichen Klinik.

Während des Vorbeifahrens gewinnt man flüchtige Einblicke

in die Zimmer voller Mittagslicht und Stille. Ein weißes Bett mit einem weißen Gesicht. Ein weißer Stuhl, darauf ein Mann im Pyjama. Die Bewegung einer Schwester, die einen Kranken zurückhält, der sich erheben will, keuchend und nach irgend etwas suchend. Ein schmales, listiges Gesicht auf einem Kopfkissen: Es horcht, beobachtet aus den Augenwinkeln die vorbeifahrende Bahre.

Odettas Zimmer befindet sich am Ende des Korridors: Wer weiß, warum sie für immer in dieses Zimmer kommen wollte!

Sauber ist es, spiegelblank und hell wie alle Werke des schlechten Gewissens. Denn es steht wohl außer Zweifel, daß ganz Mailand mit diesem *dropping out* von Odetta einverstanden ist: Eine schweigende Übereinkunft existiert zwischen ihr und der Macht (welche auch immer), die Kliniken baut – in Odettas Fall eine sehr teure; denn auch unter den andern Irrgewordenen gibt es eben andere.

Was hat Odetta dazu gebracht, so zu resignieren? Ein Bündnis mit ihren Verfolgern einzugehen? Denen in die Hände zu arbeiten, die sie ausschließen wollen? Indem sie sich aus freien Stücken mit all der Freundlichkeit, Willfährigkeit und fast könnte man sagen mit der durchtriebenen Gefügigkeit eines Tieres selber ausschließt? Warum hat sie sich dazu hergegeben, den von ihr selbst provozierten Skandal mit der gleichen scheuen Umsicht zu unterdrücken, mit der sie stets gelebt hat?

Aber es besteht nicht die geringste Hoffnung, daß Odetta jetzt oder in Zukunft auf solche Fragen irgendeine zufriedenstellende Auskunft geben wird: Sie zeigt deutlich, daß sie sogar diejenigen ignoriert, die sie behutsam von der Bahre nehmen und ins Bett legen.

Allerdings ist sie peinlich darauf bedacht – natürlich ohne es sich anmerken zu lassen –, ihre festgeballte Faust unablässig an ihre Seite zu pressen.

Neben ihrem Bett ist ein großes Fenster, durch das ein zartes, aber böses Licht eindringt.

Dieses Fenster gibt einen Ausblick frei, der auf ganz ungewöhnliche Weise demjenigen gleicht, den man bei Odetta zu Hause vom Garten aus hat.

Durch das große Fenster sieht man nur die rechte Straßenseite, und zwar gegen die Leere, weil die Straße offenbar etwas abschüssig ist und daher alles mit dem Himmel (einem alltäglichen Himmel, vielleicht grau, vielleicht blau, jedenfalls von keiner besonderen Farbe) sein Ende hat. Diese Leere wirft eine tiefe Traurigkeit auf die Straße – fast als fehlte in der Leere irgend etwas, was im Gegensatz dazu heiter sein müßte: ein Strand zum Beispiel, mit einem lieblichen und stillen südlichen Meer, wie für eine lange, wirklich heitere Sommerfrische. Aber nicht das ist von Bedeutung; ebensowenig die Realität dieser Häuser – Luxushäuser in der Nähe einer Luxusklinik; und auch nicht das sorgsam behütete Privatleben dieser Mailänder Familien von Freischaffenden oder Industriellen, wo sogar die Rolläden geschlossen bleiben und wo nur hie und da ein Dienstmädchen den Mut hat, einen Augenblick lang ans Fenster zu treten, um gleich wieder im undurchdringlichen Schatten der Innenräume zu verschwinden.

Eine Bedeutung hat nichts von alledem, was einen wenn auch rätselhaften Sinn und eine wenn auch traurige Geschichte hat.

Eine Bedeutung hat das, was ist; und das, was ist, ist das, was in Erscheinung tritt. Die Erscheinung ist in geheimnisvoller Weise geometrisch, wenn auch unregelmäßig. Jeder Punkt hat einen genauen Abstand zu jedem andern Punkt. Man muß diesen Abstand messen; das ist eine langwierige Arbeit, denn es sind unendlich viele Punkte; zum Beispiel sind es genau hundertfünfzig Fenster (mit ganz oder halb heruntergelassenen Rolläden), davon vierzig mit Balkon. An einem einzigen Fenster hängt, baumelnd wie eine Leiche, ein roter Teppich. Von den Gärten ragen fünfundsiebzig Baumkronen, fast ausschließlich Koniferen, bis zur Höhe der ersten Stockwerke.

Dreißig Hausecken; zwanzig Wände; drei von diesen zwanzig Wänden sind mit Fliesen in einem hellen Haselnußbraun verkleidet; sieben haben einen Grauton, sind aus Marmor oder imitiertem Marmor; sechs sind rosa, aber weit weg und daher kaum genau zu bestimmen; vier in einer bleichen Tönung zwischen lila und rosa, und davor hebt sich das unterschiedlich dunkle und weihnachtliche Grün der Tannen noch trauriger ab.

Man sieht sechs Lichtmasten – Peitschenmasten, fast kokett geschwungen wie in den Luna-Parks – mit ihren milchigen Neonröhren: Sie werden immer niedriger, verschwinden schließlich in der Tiefe wegen der abschüssigen Straße vor der Klinik. Vielleicht steht ganz unten an der Straße eine Kirche, denn plötzlich hört man ein volles Geläut, grausig und mit der falschen Festfröhlichkeit eines Glockenspiels.

Odettas Augen sehen auf all die Leere, die angereichert ist von der Wahrnehmbarkeit dieser Architektur und dieser Töne. Die Faust an Odettas Seite ist hartnäckig geballt.

5

Pusteln

Wieder ist Zeit verstrichen (vielleicht Tage, vielleicht Monate, vielleicht auch Jahre).

Immer noch sitzt Emilia auf ihrer Bank vor der roten Wand, bis über die Augen, bis an die Haarwurzeln voll von ihrem Wahnsinn.

Aber irgend etwas hat sich im Verhältnis zu ihr geändert in dem roten Bauerngut rings um sie herum, das so kriegerisch und so ruhig daliegt wie ein verlassener Exerzierplatz: Das heißt, seine Bewohner haben sich nicht nur an ihre absonderliche Gegenwart gewöhnt, sondern sich auch nach und nach eine achtungsvolle, ehrerbietige Meinung über ihre Anverwandte gebildet.

Tatsächlich – denn der Abergläubische ist in seinem Aberglauben stets auch realistisch – brennt neben der sitzenden Emilia, auf einem der blutroten Backsteine des kleinen Trümmerbergs, ein Wachslicht ... wie vor einem Heiligenbild. Ein einfaches, dürftiges Wachslicht, wenn ihr wollt, und ohne jede Feierlichkeit. Nur so hingestellt, um dem Ereignis einen Namen und einen Sinn zu geben. Und schließlich sind auch die alten Frauen aus dem Hause mit dieser neuen Emilia vertraut geworden; sie stehen nicht mehr mißtrauisch hinter ihren Gardinen, sondern hier draußen im Hof: Einige geben acht auf Emilia, andere arbeiten – aber alle in einer besonderen Vertrautheit mit diesem außergewöhnlichen Ereignis hier bei ihnen, mit dieser stummen, entrückten, wie vom Fieber verzehrten Emilia.

So macht es auch einen durchaus gewohnten Eindruck, als nun hinten durch den Torbogen, vom weißen Fuhrweg her, der mitten durch die grünen pappelbestandenen Wiesen verläuft, eine Gruppe von alten Frauen und Männern herankommt wie bei einer Wallfahrt. Offenbar sind die Leute Nachbarn oder aus irgendeinem Dorf in der Nähe, dessen Kirchturm und dessen dazugehörige braune, rotgeäderte, langgezogene Kuppel (mitsamt dem prunkhaften, erbärmlichen Zierat aus den Jahrhunderten der Gegenreformation) durch die Pappelreihen im Hintergrund zu erkennen sind.

Sie kommen wie in einer Prozession daher und bilden schließlich einen Kreis um Emilia. Unter ihnen – jetzt erst bemerkt man sie, weil die andern Platz machen – eine Frau in mittleren Jahren, die aber schon alt aussieht (in schwarzer Sonntagskleidung, mit seidenen Strümpfen, mit durchbrochenem Gesichtsschleier) und auf ihrem Arm ein krankes Kind trägt, dessen leidendes Gesicht von lauter kleinen roten Wunden oder von ausgetrockneten Pusteln entstellt ist.

Emilia scheint erst gar nichts davon wahrzunehmen. Und als dann ihre Augen endlich auf das kranke Kind fallen, da geschieht das in einer Art, als existiere es gar nicht in Wirklichkeit und sei nur eine Erscheinung. Aber sie sieht es lange und eingehend an – als erfülle sie damit eine eher formelle als heilige Pflicht. Emilias Beteiligung an dieser Zeremonie, in der sie selbst die Heilige ist, hat dieselbe Art, mit der die andern sie passiv erleben: fast als sei's ein fester Brauch, etwas, was nun einmal dazugehört zu dieser bewegungslosen, stummen Heiligkeit. Schließlich – abwesend und fast böse – macht sie langsam ein Kreuzzeichen zu dem Kind mit den Wundmalen.

Alle Bauersleute blicken unverwandt auf das Kind in gespannter Erwartung dessen, was nun geschehen wird: Das Kind bewegt Arme und Beine, sieht weinend seine Mutter an, löst sich strampelnd aus deren Umarmung und gleitet an ihr herunter, bis es mit seinen Füßen den Boden berührt. Die Mutter läßt es bebend und mit vor Freude verklärtem Gesicht gewähren; dann beugt sie sich zu ihm herab, um es zu betrachten. Das Kind setzt die Füße auf den Boden und richtet sich noch ein wenig unsicher auf. Sein Gesicht ist zart und lieblich, wie frisch gewaschen: Von den Pusteln, die es entstellten, ist keine Spur mehr zu sehen. Da fallen alle ringsum auf die Knie und bekunden laut ihren Dank und ihre Freude.

6

Pietros Korollar

Pietro ist allein in seinem Zimmer. Er sitzt auf dem Bett, in dem der Gast geschlafen hat. Auf seinen Knien das große Buch mit den Drucken zeitgenössischer Malerei, das die Jungen einst zusammen betrachtet haben.

Aufmerksam und fast gierig blättert er die Seiten um, auf der Suche nach etwas, was ihn wirklich interessiert, was er aber in seiner Hast nicht gleich finden kann. Es ist die Reproduktion des Lewis-Bildes. Endlich hat er es entdeckt und betrachtet es nun mit tiefer Hingabe: als wolle er es befragen oder als sei dessen Antwort die Enträtselung eines Orakels.

Aber was für eine Antwort kann diese armselige Reproduktion eines Imagistenbildes von 1914 schon geben?

Im Gegenteil, es scheint sogar seinen ganzen sprechenden Zauber verloren zu haben, die bedeutungsvolle und so herrlich sinnüberladene Spannung, die Pietro fasziniert und beinahe gerührt hatte, als er dieses Bild zusammen mit dem Gast das erste Mal sah.

Diese kolorierten Flächen (so herrlich verbraucht, als sei das Material, auf dem sie gemalt wurden, schon wegen seiner Armseligkeit sublim: Pappe oder billiges Papier, und beides vergilbt rasch), diese präzisen Konturen, mit einem einzigen Strich hingesetzt, um die Realität zu »dekomponieren« in einer halb kubistischen, halb futuristischen Technik, die in Wirklichkeit weder kubistisch noch futuristisch ist, nämlich zu einer Art »Dekompositions«-Richtung gehört (dabei aber rein und geordnet ist wie bei alten Kunsthandwerkern, um damit zum

Ausdruck zu bringen, wie streng doch die Avantgardisten zu Beginn des zwanzigsten Jahrhunderts waren) – dies alles scheint jetzt verfallen, entwertet, enttäuschend und verarmt zu sein.

Nichts anderes ist es als ein schönes, elegantes, armes Ding: ein kleines, unnützes Rätsel, weil der Sinn, auf den es sich bezog, ein historischer ist, der keinen Wert mehr zu besitzen scheint: Und so liegt es nun da wie eine beziehungslose Reliquie.

Und doch müht sich Pietro hartnäckig mit ihm ab, als suche er nicht allein nach dem historischen Sinn, auf den sich diese so rigorosen, präzisen Linien bezogen haben; sondern als suche er auch nach dem Sinn, der für ihn selbst bestimmend gewesen ist, der ihm dieses Bild erst vor wenigen Wochen oder Monaten zur Offenbarung hat werden lassen.

7

Brennesseln

Die Glocken sämtlicher Dörfer in der Bassa läuten den Mittag ein. Also wird das Schweigen der Pappeln feierlich – wie es sich gehört: Eine ausgesprochene Vertrautheit beseelt die Dinge, die folglich allesamt Frieden und Ordnung und den beruhigenden Wert uralter Gewohnheiten zum Ausdruck bringen.

Auch in das Bauerngut, wo Emilia unbeweglich auf ihrer Bank sitzt, bringt das Mittagsgeläut diese Stimmung ruhiger Heiterkeit. Man ruht sich aus, man ißt.

Die Tür mit ihren blütenweißen Gardinen geht auf, und wie in einem Ritual treten die alten Frauen des Hauses heraus, in ihrem treulichen Gefolge die beiden Kinder mit den erwachsenen Gesichtern: Man bringt das Essen für Emilia.

Ein hübsches kleines Mahl ist angerichtet, auf einem Tablett, vielleicht aus Plastik, das mit großen Blumen bemalt ist – ganz anders als das Essen, das man den Männern zur Arbeit bringt und das in große schwarze Tücher geknüpft ist. Hier gibt es Huhn, Wurst, in der Pfanne gedünstete Zichorie und einen Teller mit frischen Tomaten.

Die Frauen des Hauses sind stolz auf dieses Essen und bringen es mit entschiedenen, aber nicht ungeduldigen Schritten ihrer Heiligen: Und die Kinder, rotbäckig und ausdruckslos, verfolgen mit alltäglicher Aufmerksamkeit diese Handlung, eine freundliche Mischung von Sakralem und Vertrautem.

Doch dieses Mal erwartet Erwachsene wie Kinder eine unvorhergesehene Enttäuschung.

Emilia betrachtet mit stumpfem Blick die Speisen, die ihr

auf dem hübschen Tablett dargeboten werden, zuckt mit keiner Wimper, bewegt keinen Muskel ihres Gesichts.

Da machen die Frauen weit ausholende Gesten wie bei einer Taubstummen, als wollten sie sagen: »Sieh doch her, wie viele Gerichte, nun iß schon!« Aber nichts erfolgt darauf. Emilia wendet sogar ihr Gesicht vom Essen ab und starrt ins Leere. Die Frauen machen sich schon Sorgen, sind zutiefst bekümmert. Am hartnäckigsten ist die älteste, das arme Weib, mit Tränen in den Augen wie ein Kind. Sie – die ja schließlich in ihrem Alter wissen müßte, daß letzten Endes gar nichts auf der Welt notwendig ist und daß es keine Pflicht ist, zu leben – gerade sie gibt sich die größte Mühe, Emilia zum Essen zu bewegen, und sei's nur eine Winzigkeit, um bei Kräften zu bleiben; und sie gebraucht die gleichen Argumente, mit denen man einen zum Essen bewegen will, damit er selber am Leben bleibe – im Namen der Schicksalsergebenheit und der Rechte des Lebens –, der den Tod eines Angehörigen beklagt.

Aber Emilia läßt sich keineswegs überreden, wie etwa ein trauernder Hausnachbar, der sofort bereit ist, diese Schicksalsergebenheit und diese Rechte des Lebens zu begreifen: Nein, Emilia begreift gar nichts. Wer weiß, was in diesem Querkopf von einer Heiligen vor sich geht!

Da jedoch die Frauen und besonders die Alte – vor den verstörten Blicken des kleinen Jungen und des kleinen Mädchens – immer noch mit allem Nachdruck darauf bestehen, mustert Emilia ihre Verwandten, eine nach der anderen, mit bösen Augen voll von einer Anmaßung, die aus dem Schmerz entstanden ist, und hebt dann langsam ihren Arm und deutet auf etwas neben dem Haufen von Trümmern und roten Ziegeln: einen Brennesselbusch.

8

Noch einmal Brennesseln

Die beiden Kinder vom Bauerngut (nur zwei Kinder gibt es dort und mindestens ein Dutzend Alte; der einzige noch einigermaßen junge Mann ist ihr dicker Vater) sind auf der Wiese vor dem Haus ganz mit einer Aufgabe beschäftigt, die mehr denn je eine Aufgabe sein könnte, wie sie Kinder in Märchen bekommen.

Sie pflücken Brennesseln.

Eingehüllt in ihre hübschen bäuerlichen Sachen, die fast schon ein bißchen bürgerlich sind, pflücken sie stumm und gewissenhaft Brennesseln. Nur das kleine Mädchen beklagt sich hie und da ein wenig, weil ihr die Brennesseln weh tun.

Der Junge hält den kleinen Topf. Und der Topf ist schon fast voll. Gebückt gehen sie über das Gras – das vom kürzlich gefallenen Regen so blank gewaschen ist, daß es auch aussieht wie in den Märchenbüchern. Und ringsum, fast schwindelerregend in diesem Grün, dehnen sich die Wiesen, umgrenzt von den regelmäßigen, eine hinter der anderen durchscheinenden Pappelreihen.

Inmitten dieses Grüns – auflodernd wie im Süden oder wie in Zentralafrika und doch wieder blaß, von vollkommener Reinheit – leuchtet um so stärker das Rot des Bauernguts mit seinen absonderlichen archaischen Formen, die wegen ihrer deutlichen Zweckgebundenheit nur um so ausgefallener wirken: wie eine Kaserne mit Wachtürmen, astronomischen Beobachtungsstationen, verlassenen Bastionen und Türmen, die nur zur Zierde da sind.

Sobald die Kinder mit drolliger Gewissenhaftigkeit ihren kleinen Topf gefüllt haben, kehren sie durch den großen Torbogen in den Hof des Bauernguts zurück.

Ganz hinten, vor ihrer abgeblätterten rosa und rotfarbenen Wand, sitzt Emilia in ihrem schwarzen Pulli unbeweglich auf der Bank.

Zu ihr laufen die beiden Kinder. In gebührendem Abstand machen sie halt, stellen – mit gewohnten Bewegungen, denn offenbar verrichten sie diese Arbeit schon seit langem – den irdenen Topf voller Brennesseln ab und entzünden ein Feuer in der provisorischen kleinen Feuerstelle aus einigen alten roten Ziegeln vom Trümmerhaufen; die Feuerstelle ist schon voller Asche vom früheren, regelmäßigen Gebrauch.

Ruhig und traulich brennt das Feuer, und die Brennesseln im Topf fangen an zu schmoren. Nach wenigen Minuten sind sie gar und dampfen.

Ein paar alte Frauen aus dem Hause kommen, weil sie's so gewohnt sind – doch enttäuscht und traurig –, um dem Mahle beizuwohnen; aber sie bleiben ehrfürchtig ein wenig abseits stehen.

Und noch eine Gruppe alter Bäuerinnen kommt durchs Tor, den Rosenkranz murmelnd. Und also murmelnd stellen auch sie sich im Halbkreis um den Winkel, den sich die Heilige für ihre Einsamkeit erwählt hat.

Die beiden Kinder – vor Verlegenheit haben sie zerzauste Haare – bringen Emilia (aus der Manteltasche des Mädchens ist sogar ein Holzlöffel aufgetaucht) ihre grüne Brühe als Essen.

Emilia sieht sie stumpfen Blickes an, ganz in die Strenge ihrer Heiligkeit verloren. Doch irgend etwas Sonderbares, ja, etwas Außergewöhnliches ist an ihr: Und es steht außer Zweifel, daß dieses Phänomen etwas Wunderbares hat. Inwieweit es sich allerdings für eine Heilige schickt (falls Emilia eine Heilige ist), kann man nicht recht wissen ...

Die andauernde und ausschließliche Ernährung mit Brennnesseln hat nämlich zur Folge gehabt, daß ihre Wimpern und ihre Augenbrauen und ihr Haar grün geworden sind. Selbst ihr Teint ist blaß-grünlich, besonders um die Augen.

Aber am auffälligsten ist doch der Kopf: die völlig aufgelöste Dauerwelle, das Haar, das ihr über die Stirn herunterfällt, dicht und gelockt und versengt hinter den Ohren, an deren Läppchen als zwei Goldpünktchen noch die Ohrringe glänzen, die von ihrer Erstkommunion stammen.

Das Brennesselgrün ihrer so beschaffenen und bäurisch-dienstmädchenhaften Dauerwelle ist wahrlich nicht dazu angetan, ihrem Schweigen und ihrer gekränkten Heiligeneinsamkeit die angemessene Würde zu verleihen. Und so sehen sie auch die alten Frauen des Hauses nur mit Sorge und mit Seufzen an: in stillem Einverständnis miteinander und vereint in diesem Unglück oder besser Verhängnis, vor dem sie machtlos sind.

Doch Emilia, in Gedanken weit weg und mit ihren düsteren Augen, die nichts wahrnehmen, löffelt langsam die grüne Speise ihrer ärgerniserregenden Pönitenz.

9

Die Berufung und die Techniken

Pietro ist über weiße Blätter gebeugt. Er zeichnet. Und er tut es mit solcher Besessenheit (er zeichnet, natürlich recht ungeschickt, einen Kopf, der eine entfernte Ähnlichkeit mit demjenigen des Gastes hat), daß er sich dabei ganz vergißt und mit lauter Stimme Bemerkungen und Gutachten über sein Werk abgibt.

Es widert ihn an: Mißfallen und Enttäuschung über seine Zeichnung sind wie ein akuter Schmerz, der sein Gesicht entstellt und seine Stimme heiser werden läßt.

Schließlich zerreißt und zerknüllt er das Blatt mit der Zeichnung.

Pietro zeichnet schon wieder; doch er hat sich in sein Zimmer einen größeren Tisch bringen lassen, der überdeckt ist mit Blättern und Bleistiften.

Aber auch nachdem er sich jetzt besser eingerichtet hat, ist er mit dem Ergebnis noch immer nicht zufrieden.

Er nimmt ein neues, sauberes Blatt – ganz als folge er in seinem kindlich-blinden Eifer einer fast heiteren Erleuchtung. Doch wie die Zeichnung dann allmählich Gestalt annimmt (wieder der Kopf des Gastes), verdrängen Abscheu und Verärgerung die Hoffnung und den guten Vorsatz. Und er spricht laut zu sich selbst (mit rauher, mißtönender, lamentierender Stimme und ohne jede Rücksicht, wie man eben spricht, wenn man allein ist). Er spottet erbarmungslos über seine Fehler, macht hämische Bemerkungen, ruft »Scheiße!«, nennt sich selber »Idiot, Versager, Arschloch«.

Wieder ist Pietro über eine Zeichnung gebeugt. Aber diesmal im Garten, und das Blatt ist so riesig (zusammengesetzt aus vielen Blättern, die auf eine Sperrholzplatte geklebt sind), daß es gewiß nicht in sein Zimmer gepaßt hätte. Es bedeckt eine ganze Rasenfläche.

Pietro benutzt auch nicht mehr einen Bleistift, sondern einen dicken Pinsel – wie ein Fußbodenleger ist er über dieses Blatt gebeugt.

Aber immer noch schimpft er mit gedämpfter Stimme, brummt unwirsch vor sich hin, daß auch diese Zeichnung ihm nicht ähnlich sieht, ihm nie und nimmer ähnlich sehen wird, und wenn auch, dann nur als ekelhaftes, sinnloses Ergebnis, das er so in der Leere (keuchend, mit dem Pinsel in der Hand) gefunden hat und wieder der Leere überlassen wird. Die arme neue Emilia, die ihm Coca-Cola bringt, platzt mitten in das Selbstgespräch hinein. Und hört als Magd die anmaßenden Zukunftspläne ihres Herrn: diese Zukunft nur irgendwie in den Griff zu bekommen, indem er zum Künstler, zum Schöpfer wird. Doch auf dieses Renommieren – dem verehrenden Dienstmädchen gegenüber – folgen alsbald die dumpfe Ironie des Zweifels und das kalte Erschauern der Angst.

Zeichnen ... malen ... ein Künstler werden: Das bedeutet ja eine Zurschaustellung seiner selbst, bedeutet das Risiko, mit einer Welt in Kontakt zu kommen, die von demjenigen, der sich da vorstellt, alles zu lernen hat und die es auch lernt, ohne sich überhaupt um ihn zu kümmern, als sei er gleichsam ein Prädestinierter, ein Abgesandter des Himmels; so aber weiß sie nichts von seiner Einsamkeit, hält ihn schon für geeignet, ein Leben in der Öffentlichkeit zu führen, und zwar da, wo es – in diesem Fall zu Recht – kein Erbarmen gibt.

Und was für demütigende Bewährungsproben muß ein Künstler bestehen! Was für eine Erbärmlichkeit ist doch dieser Pinsel mit seinen Konturenspielereien und mit seinen Flecken und Klecksen auf einem Fetzen aufgeklebten Papiers! Welch armseligen Handwerkszeugs, welch erbärmlicher Mittelchen muß er sich bedienen! Wie kindisch ist doch diese Technik, dieses unvermeidlich Praktische, Handwerkliche, wenn man wie ein dummer Junge über ein Blatt gebeugt ist, um Signale zu setzen, mit allem Fleiß Signale zu setzen, jedes Mal wie beim ersten Mal, mit hängender Zunge und überquellenden Augen und einer fürchterlichen Beschämung, die den ganzen wie eine Gliederpuppe bewegten Körper erfaßt.

Wieder über Blätter gebeugt, probiert Pietro neue Techniken, im Bemühen, sein mit den normalen Techniken erlittenes Fiasko wettzumachen.

Um ihn herum in sinnlosem Durcheinander Ölfarben, Wasserfarben, Temperafarben, Pastellfarben. Aber noch beeindruckender sind Stapel von *völlig durchsichtigem* Material: dickes und dünnes Zellophan, verschiedenartiges Seidenpapier, Tüll und Glas, vor allen Dingen Glas.

Pietro probiert diese neuen Techniken – mutterseelenallein im Garten – und hat natürlich immer noch die Angewohnheit, mit sich selbst zu sprechen, sich über sein Tun zu äußern, sich zu beklagen, seine Kommentare zu machen. Was er da noch immer und immer wieder treibt, ekelt ihn an. Unten, auf die Pappe, malt er mit einem Pinsel die Konturen eines Kopfes (immer noch der Kopf des Gastes?); dann klebt er auf den solchermaßen gekennzeichneten Karton (der Leim ist gelblich, und es ist ihm ganz gleichgültig, daß die frische Ölfarbe verschmiert) einen Tüllschleier und setzt mit einem Pinsel, den er zuvor in Türkisblau getaucht hat, zwei Kleckse dorthin, wo die Augen sein müßten; dann (und es ist ihm nach wie vor gleichgültig, ob alles verschmiert) legt er ein Stück Glas über Karton und Tüllschleier, und mit einem Pinsel, den er in helles Sepia getaucht hat, macht er rings um die blauen Flecken auf dem Tüll (die unter dem Glas durchscheinen) und innerhalb der schwarzen Konturen auf dem

Karton (die unter Glas und Tüll durchscheinen) das Rund der Augen.

Er lacht und lacht. Lacht über die Stümperei, die da herauskommt – lacht bitter; angewidert von sich selbst, ehrlich belustigt über seine Unbeholfenheit, übererregt und enttäuscht.

Zeichnungen und Malereien liegen zuhauf in Pietros kleinem Zimmer (er ist zu kleinerem Format, folglich auch ins Haus zurückgekehrt). Überspannt, verrückt, hingerissen kniet der Junge über seinem Material, das diesmal auf einer Art großem Lesepult steht (und weil es sich schon wieder um durchsichtiges Material handelt, könnte man Pietro auch durch das Bild hindurch betrachten, mit dem er gerade beschäftigt ist). Nachdem Pietro schweigend das erste Glas bemalt hat, legt er das zweite Glas darüber, und so kann man dann hinter der Monochromie des ersten Bildes die durchscheinende Monochromie des zweiten Bildes erkennen.

Pietros Bewegungen bei all dem Tun sind mechanisch und überspannt; und seine unermüdlich kommentierende Stimme hat jede Klangfarbe verloren: Leise, fast unhörbar, paßt sie sich genau seinen Bewegungen an.

Neue – nicht zu erkennende – Techniken müssen gefunden werden, die keinem bisher angewandten Verfahren gleichen. Um alles Kindische und Lächerliche von vornherein auszuschließen. Eine eigene Welt muß geschaffen werden, mit der keine Vergleiche möglich sind. Für deren Beurteilung es noch keine Maßstäbe gibt. Die Maßstäbe müssen so neu sein wie die Technik. Niemand darf merken, daß der Autor nichts taugt, daß er ein anomales, minderwertiges Wesen ist – das sich windet wie ein Wurm, um zu überleben. Niemand soll ihn der Naivität bezichtigen können. Alles muß sich als vollkommen anbieten, auf *unbekannten*, demnach wertfreien Regeln basierend ... Wie ein Irrer ist er, ja, wie ein Irrer. Glas über Glas, denn Pietro kann nicht verbessern – aber das darf keiner merken. Ein auf Glas gemaltes Zeichen verbessert, ohne es zu beschmutzen, ein vorher auf ein anderes Glas gemaltes Zeichen.

Aber kein Mensch darf dies als Verlegenheitslösung eines Stümpers, eines *Unfähigen* ansehen, sondern im Gegenteil als eine sichere, unerschütterliche, hehre, fast anmaßende Entscheidung: eine eben erst erfundene und schon unersetzbare Technik. Oder vielleicht auch Zellophan und Tüll über Glas geklebt und alles durchsichtig über ein paar Zeichen, die auf einem Karton gut gelungen sind, nach tausend mühseligen Versuchen, nach tausend zerrissenen Kartons.

Niemand darf wissen, daß ein Zeichen nur durch Zufall gelingt. Durch Zufall und mit Zittern: Und wenn es sich wie durch ein Wunder als gelungen erweist, muß man es augenblicklich wie in einem Schrein beschützen und bewahren. Aber keiner, keiner darf das merken. Der Künstler ist ein armer, zitternder Idiot. Ein erbärmlicher Stümper. Er lebt in Zufall und Risiko, beschämt wie ein kleiner Junge. Er hat sein Leben herabgewürdigt auf die lächerliche Melancholie dessen, der unter der bedrückenden Vorstellung lebt, etwas für immer verloren zu haben.

In seinem Äußeren verändert – nämlich bleich und abgemagert, langmähnig, die ersten Stoppeln auf seinem bartlosen Gesicht, unappetitlich schwarz an den Backenknochen entlang – und auch anders gekleidet – nämlich vernachlässigt und schmutzig –, ist Pietro im Begriff, das Haus zu verlassen. Stumm verabschiedet er sich von seiner Mutter Lucia, von seinem Vater Paolo. Und tritt vor die Tür. Die neue Emilia mit ihren großen feuchten, mitleiderregenden Augen will ihm behilflich sein und den Koffer hinaustragen. Doch Pietro kommt ihr zuvor, nimmt selbst Koffer und Tragsack und geht, ohne sich noch einmal umzudrehen.

Geradeaus geht er die bekannte Straße vor dem Haus entlang, die Straße, an deren Ende der Gast entschwunden ist.

Auch er entschwindet da, tritt achtlos über ihre melancholische, widerliche Beschaulichkeit hinweg.

Pietro (in seinem neuen Atelier, gewiß im Zentrum der Stadt) ist über ein eben erst beendetes Bild gebeugt. Es ist nichts anderes als eine azurblau eingefärbte Fläche (das nämliche Azurblau, mit dem sonst immer die Augen des Gastes gemalt wurden). Das Azurblau ist seine ganze Erinnerung. Aber Azur allein kann selbstverständlich nicht reichen ... Es ist nur ein Teil ... Wer gibt Pietro eigentlich das Recht, so eine Verstümmelung vorzunehmen? Welche Ideologien – so fragt er sich – sind eigentlich imstande, sie zu rechtfertigen? Waren da die ersten, erbärmlichen Versuche, richtige Porträts zu zeichnen, nicht besser? Ach, die Wahrheit sieht ja doch wohl so aus: daß die Flächen ganz aus Azur ebenso wie die realistischen Porträts nur ein vergeblicher, lächerlicher Vorwand sind. Und er malt nicht und hat nie gemalt, um sich auszudrücken, sondern wahrscheinlich nur, um aller Welt seine Unfähigkeit mitzuteilen.

In einem Ausbruch wilden Hasses – wenn auch mit der etwas ordinären Gelassenheit dessen, der mit Überlegung handelt – erhebt er sich aus der gebückten Haltung, die er vor seinem Bild eingenommen hat, knöpft sich die Hose auf und pißt darauf.

10

»Nun ja, was tun denn die Jungen ...«

Nun ja, was tun denn die Jungen, die intelligenten,
die aus wohlsituierten Familien, andres,
als über Literatur und Malerei zu reden?
Vielleicht auch mit Freunden aus niederem Stand
– die nicht so fein, doch um so mehr von Ehrgeiz
gequält sind? Reden über Literatur und Malerei, als
Gammler und Sektierer, die alles über Bord gehen lassen, doch
mit ihren jungen Hintern Kaffeehausstühle wärmen,
die vom Hintern der Hermetiker schon vorgewärmt sind?
Oder spazierengehen (nämlich im ältesten Teil der Stadt
das göttliche Pflaster treten wie Soldaten oder Huren),
als subversive Elemente, angesteckt vom Snobismus des Bourgeois
– seine Ehrlichkeit und sein Idealismus inbegriffen und sein Auftrag
zur Aktion: also mit dem schmerzlichen Schatten
eines Jessenin oder einer Simone Weil auf der Seele?
Doch sehen wir näher hin: Ob sie nun schwitzend kommen
aus winzigen Wohnungen mit traurigen Wolldecken,
die das Bügeleisen versengt, oder mit Schränken,
die den heimlich geliebten Vater nur wenige tausend Lire gekostet,
oder ob sie statt dessen aus Häusern kommen mit dem Glanz
des Reichtums, mit fast himmlischen Gepflogenheiten,
Dienstboten und Lieferanten – die jungen Literaturbeflissenen
transpirieren alle, haben schon die Blässe alter Menschen,

wenn nicht gar von Greisen, und ihre Anmut ist schon brüchig;
sie haben einen unwiderstehlichen Hang zu schwerverdaulichen
Speisen, zu wollener Kleidung, neigen zu übelriechenden
Krankheiten – der Zähne oder des Bauchs –,
scheißen dünn: sind also Kleinbürger
wie der Bruder vom Magistrat oder der Onkel Kaufmann.
Eine einzige Großfamilie, bar jeder Liebe.
Manchmal gibt's in dieser Familie auch
einen Bewundernswerten. Aber sonderbar:
Er, wie die andern, die Scheißer, ruft
(seit Beginn des Jahrhunderts und, abgerechnet
die kurze Stille zwischen 45 und 55, bis hinein
in unsre Tage) nach einem Gott der Ausrottung: seiner selbst
und seiner Gesellschaftsklasse. Auch ich rufe nach ihm!
Einmal schon ist dieser Ruf erhört worden.
Schlaffe Halbwüchsige mit Sioux-Umhang[1]; Turiner Pseudo-Jünglinge mit
schütterem Haar und blauem Loden; Vernichter von Grammatiken;
Kostgänger Castros, die in Monza[2] am Daumen saugen;
Neo-Qualunquisten[3] im Pelz, die vernarrt sind in die
Brandenburgischen Konzerte, als hätten sie damit eine antibürgerliche
Formel entdeckt, um zornige Blicke zu schleudern;
mäßig-mürrische Demokraten, überzeugt, daß nur die wahre
Demokratie die falsche zerstört; anarchistische blonde

1 In Turin besonders »in Mode«. Anm. d. Übers.

2 Liegt in der Umgebung Mailands. Anspielung auf minderbemittelte junge Leute, die nicht in der Metropole leben können. Anm. d. Übers.

3 Der Qualunquismo war in der unmittelbaren Nachkriegszeit eine Bewegung ausgesprochen kleinbürgerlicher Prägung, die sich an den »Mann auf der Straße« wandte und die politische Uninteressiertheit zum Ideal erhob. Anm. d. Übers.

Jungen, die treuherzig das Dynamit
mit ihrem guten Sperma verwechseln (und als
Störenfriede haufenweis mit großen Gitarren durch Straßen
ziehn, die falsch wie Kulissen sind); Pierrots der Hochschulen, die
das Auditorium Maximum besetzen und die Macht fordern,
statt ein für allemal darauf zu verzichten;
Guerriglieros mitsamt ihren Guerriglieras,
die beschlossen haben, daß Neger sind wie Weiße
(aber Weiße vielleicht doch nicht wie Neger): sie alle, alle
bereiten nichts anderes vor als die Ankunft
eines neuen Gottes der Ausrottung,
sind in Unschuld gezeichnet mit einem Hakenkreuz:
Und werden doch die ersten sein, die mit
echten Krankheiten und mit echten Lumpen am Leib
in die Gaskammer kommen: Ist's nicht das, was sie wollen?
Wollen sie nicht die Vernichtung, die schrecklichste Vernichtung
ihrer selbst und der Gesellschaftsklasse, zu der sie gehören?
Ich mit meiner kleinen Rute, die ganz Haut und Haar und
wohl imstande ist, ihre Pflicht zu tun, doch beschämt
auf immer und ewig von der schweren und göttlichen, riesigen und
wohlgeformten, zärtlichen und machtvollen Rute eines Zentauren; ich
Irrender durch das Dickicht von Moralismus und Sentimentalismus,
um anzukämpfen gegen beide, indem ich ihre Entfremdung suche
(eine entfremdete Moral, entfremdetes Gefühl anstelle
echter Moral und echten Gefühls: mit Inspirationen, die nur
vorgetäuscht und daher noch großartiger sind als die echten,
der Lächerlichkeit preisgegebenen, wie's bürgerlicher Brauch);
also befinde ich mich mitten in einem Mechanismus,
der stets auf dieselbe Weise funktioniert hat.
Die Bourgeoisie ist gewitzt und verehrt die Vernunft:

Und doch, wegen ihres abgrundtief schlechten Gewissens,
tut sie alles, sich selber zu strafen und zu vernichten:
Und beauftragt also mit ihrer Vernichtung
die eignen, degenerierten Söhne; und diese
(teils stinkend vor Dummheit, die nutzlose
bürgerliche Würde eines unabhängigen oder gar reaktionären
und servilen Literaten bewahrend, teils aber auch
auf Biegen oder Brechen sich zugrunde richtend)
erfüllen das düstere Mandat.
Und rufen nach dem obengenannten Gott.
Hitler erscheint, die Bourgeoisie ist glücklich.
Sie stirbt, gerichtet von eigener Hand.
Sühnt ihre Schuld durch die Hand ihres eignen Helden.
Wovon reden denn die Jungen von 1968 – mit barbarischer
Mähne und eduardischer Kleidung von beiläufig militärischem
Gout über einem unglücklichen Glied wie dem meinen –
wenn nicht von Literatur und Malerei? Heißt das etwa nicht,
aus der dunkelsten Tiefe des Kleinbürgertums den Gott
der Ausrottung rufen, damit er dieses noch einmal schlage
für eine größere als die bis 38 ausgereifte Schuld?
Nur wir Bürgerlichen haben das Zeug zum Ganoven,
und die jungen Extremisten, die Marx überrunden und sich
auf dem Flohmarkt kleiden, sie brüllen nur
wie Generäle und Baumeister gegen Generäle und Baumeister.
Das ist ein Kampf im eigenen Lager.
Wer wahrhaftig an Auszehrung stürbe,
in der Tracht eines Muschiks und noch nicht sechzehn,
hätte vielleicht als einziger recht.
Die andern bringen sich gegenseitig um.

11

Wie der junge Herr Pietro schließlich Gott verliert oder verrät

Pietro steht mit geschlossenen Augen mitten in dem großen Raum: Er hält sie krampfhaft geschlossen, und deshalb sind nichts als Runzeln ringsum, und sein halbgeöffneter Mund ist verzerrt in einem Ausdruck von Wut.

Derart, mit geschlossenen Augen, bewegt er sich im milchigen Licht seines aufwendigen Ateliers eines rebellierenden Malers. Unsicheren Schrittes tastet er sich an den Gegenständen entlang bis zu einer Wand, an der unbemalte Leinwände stehen, und nimmt eine nach der anderen in die Hand: Er sucht sich die aus, die ihm für sein Vorhaben das richtige Format zu besitzen scheint.

Wankend trägt er die Leinwand in die Mitte des Raumes und legt sie dort auf den Boden. Immer noch blind, und mit zunehmender Verbissenheit blind, begibt er sich dann in eine andere Ecke des Raumes. Sein Vorhaben ist jetzt noch komplizierter, und zwei- oder dreimal fällt er beinahe hin: Er wählt Farben aus. Seine Hand tastet sich über Aquarellfarben, Ölfarben, Lacke. Endlich findet sie, was sie sucht: einen Haufen Büchsen. Er wirft sie durcheinander – etwa, wie man Karten oder Würfel mischt, um dem Zufall mehr Spielraum zu geben – und wählt dann eine aus. Die Büchse ist verschlossen. Also muß er sie öffnen. Wie ein Betrunkener torkelt er zu einem Tisch; aber er hat die Orientierung verloren und muß lange suchen. Endlich hat er ihn gefunden. Jetzt gilt es die Schublade zu ertasten und in der Schublade irgendein Werkzeug, um die

Büchse zu öffnen. Da liegt ein Schraubenzieher. Mit dem bohrt er ziemlich ungeschickt ein Loch in die Büchse.

Jetzt muß er wieder zur Leinwand, die er in der Mitte des Raumes auf dem Fußboden liegengelassen hat. Pietro sucht sie zuerst mit der Fußspitze, Schritt um Schritt, erkundet so die jeweilige Umgebung. Aber dann bückt er sich doch herunter und bewegt sich nun fast auf allen vieren über den Boden – und das ist mühselig, denn mit einer Hand muß er ja die Büchse halten. Endlich stößt er auf die am Boden liegende Leinwand. Triumphierend rührt er sie an. Dann ertastet er ungefähr ihren Mittelpunkt. Darüber hält er nun die Büchse und erhebt sich ganz langsam, stets bemüht, mit der Büchse in der Senkrechten darüber zu bleiben. Als er sich ganz aufgerichtet hat, kippt er mit einer raschen Handbewegung die Büchse um und läßt einen Teil ihres Inhalts blindlings auf die Leinwandmitte tropfen. Der Fleck – ein blauer – breitet sich aus, Tropfen spritzen umher. Nun stellt Pietro die Büchse auf den Boden und ergreift die so gefärbte Leinwand. Wieder torkelnd wie ein Betrunkener und ohne auf die heruntertropfende Farbe zu achten, begibt er sich zu einer leeren Zimmerwand, in die er wahrscheinlich kurz zuvor einen Nagel eingeschlagen hat: Und hier hängt er das Bild auf. Aber er öffnet die Augen noch nicht, um es anzusehen, sondern kehrt mit geschlossenen Augen und einem Ausdruck, der fast entspannt ist und erfüllt von innerer, grimmiger Genugtuung, in die Mitte seines kahlen Ateliers zurück . . .

12

Lucias Korollar

Lucia beendet soeben ihr Make-up oder ihre Frisur vor dem Spiegel, wo dieses tägliche Ritual vollzogen wird. Doch offenbar ist sie mit ihren Gedanken ganz woanders. Nachdem sie sich nämlich mit der erforderlichen Ruhe und Sorgfalt gekämmt hat – wie einige wirklich reiche und manche adlige Damen trägt sie eine unmoderne Haartracht, deren Wellen fast bis über die Augen fallen und in ihrem Raffinement etwas Kindisches, Manieriertes und auch Kokottenhaftes haben –, wirft sie mit einer schmerzlichen Geste den Kamm mitten unter all die kleinen Kostbarkeiten auf ihrem Toilettentisch.

Sie erhebt sich, ganz erfüllt von diesem Schmerz. Sie seufzt – auf ihrem Gesicht ist fast ein wenig Ironie zu erkennen (absurd auf diesem Gesicht einer volkstümlichen Heldin), die es trügerisch entspannt –, schlüpft in einen Mantel oder einen Pelz und verläßt das Haus.

Auf der Straße vor dem Haus steht ihr Wagen; gelassen und zugleich mit triebhafter Rastlosigkeit steigt sie ein, läßt den Motor an, fährt ab.

Auch sie entschwindet, ebenso wie der Gast, im Hintergrund dieser stillen Straße; auch sie wird verschluckt von der trostlosen, anmaßenden Kulisse der Behausungen reicher Leute, für die es obligatorisch ist, kein Lebenszeichen von sich zu geben.

Die Szenerie bleibt zurück: Ausdruck einer Irrealität, die, vergegenständlicht, die Form einer Totensiedlung zeigt; Steine, Zement, Bäume sind in der Sonne ein unbewegliches Bild, das durch sein bloßes Dasein beängstigend und beleidigend ist.

Es ist eine Welt, durch die das Auto einer Dame fahren kann, wenn der Bestimmungsort nicht mehr von einer unübertretbaren Lebensgewohnheit im voraus festgesetzt, sondern von der Sünde vorgezeichnet und dem Zufall anheimgegeben ist – und dieser Bestimmungsort könnte, bei aller Verkehrung der Situation, nicht prosaischer, trauriger und alltäglicher sein.

Starr und verzweifelt fährt Lucia also durch die Stadt auf der Suche nach etwas, was sie am Ende sicher finden wird, was aber auch lange Zeit, vielleicht den ganzen Tag über, ein unmögliches Wunder zu sein scheint.

Sie ist in einem Zustand der Schuld (zieht herum in der Erwartung, daß ein Wunder geschehe, während alle andern den wunderbaren Erbärmlichkeiten des Alltags nachgehen): Aber ihre Schuld ist aus einem Recht erwachsen, das sie zu besitzen glaubt.

Darum (soweit es die Lieblichkeit ihres Gesichts zuläßt: das Gesicht eines lombardischen Mädchens, das zu Pietät, Respekt und schuldloser Heuchelei erzogen wurde) unterdrückt sie fast hochmütig jede Angst, jede Scham und jede Stimme der Vernunft und widmet sich ihrer Suche mit der Beharrlichkeit eines Forschers oder auch eines ausgehungerten Tieres, das stumm leidet.

An welcher Stelle der Stadt befindet sie sich? Dieser großen Industriestadt, in der Pflicht und Arbeit gleichsam ein Klima bilden, in dem das Aufblühen von Wundern unmöglich gemacht wird. Ist das hier die Peripherie zur Bassa oder zur Schweiz hin? In Richtung Cremona oder Venedig? Was für ein Industriebezirk ist das, mit seinen Fabriken, die während der Arbeitszeit stumm sind wie Kirchen oder Schulen?

Da der Augenblick gekommen ist, in dem das Wunder sich vollzieht, ist es eine halbverlassene, stille Gegend mit wenigen Passanten und einer tiefstehenden Sonne, die Glück verheißt, obwohl sie so schwach ist. An der überdachten Haltestelle auf dem Bürgersteig ist niemand – doch, da steht dieser Junge mit den hellen Augen. Er wartet auf seine Straßenbahn, nicht ungeduldig, sondern in aller Ruhe; und die Einsamkeit verleitet ihn nicht etwa zu Äußerungen von Faulheit oder Blasiertheit, im Gegenteil, sie verleiht ihm etwas wie eine besonders gefestigte und freundliche Anmut.

Er ist hoch gewachsen, hat auffallend hervorstehende Bakkenknochen, das widerspenstige, dichte Haar eines einfachen Jungen, der sich nicht kämmt, dunklen Teint; und seine hohe Gestalt, die wegen ihres Ebenmaßes gar nicht auffällig ist, verleiht seiner Jugend etwas Festes und Männliches (nicht wie bei einem Sportler, eher wie bei einem Bauern).

Knapp hinter der Haltestelle bremst Lucia: Aber sie ist von einer plötzlichen Befangenheit wie gelähmt, so daß sie nicht einmal den Mut aufbringt, sich zu ihm umzudrehen; ganz langsam, den Blick ins Leere gerichtet, nimmt sie eine Zigarette und murmelt dabei all die bitteren Gedanken vor sich hin, die sie aufwühlen und ihr auch diese verzweifelte Ruhe geben und sie jetzt beinahe verzichten lassen ...

Regungslos – nach vorn gebeugt, die unangezündete Zigarette im Mund – bleibt sie sitzen, mit einem eiskalten, bitteren Lächeln auf den Lippen. Mechanisch läßt sie den Motor wieder an, ohne jedoch abzufahren.

Als sie (wie zufällig!) den Kopf zum Bürgersteig wendet, sieht sie den Jungen unmittelbar neben sich stehen. Vielleicht ein Student – ganz bestimmt aber kein Arbeiter. Ja, vielleicht ein Student; einer von denen, die aus der Provinz kommen, aus kleinen Verhältnissen. Hätte er sonst jemals den Mut gehabt, zu ihr heranzutreten – zu einer Dame, die so schön, so abweisend und so geschützt ist von ihrem klar erkennbaren gesellschaftlichen Privileg – und sie sogar anzulächeln in schüchterner und verständnisvoller Mitwisserschaft?

Also braucht Lucia ihn gar nicht um Feuer zu bitten – diese vermaledeite Bitte, die ihr nicht über die Lippen wollte: Der

Anflug eines Lächelns genügt und ein schüchterner Hinweis auf ihre Zigarette und folglich auf das sichtbare Bedürfnis . . .

Aber der Junge – mit seinem Lächeln, das nun etwas entschieden Humorvolles an sich hat und keinen Zweifel mehr zuläßt über soziale Herkunft und Bildung, die doch wohl die eines Universitätsstudenten ist – breitet in zugleich komisch und sympathisch wirkendem Bedauern die Arme aus und gibt damit zu verstehen, daß er Nichtraucher ist.

Aber dann zeigt er eine Reaktion, die echten Mut verrät (den Mut des gesunden Schüchternen – also desjenigen, der vielleicht nur wegen seiner bescheidenen Lebensverhältnisse schüchtern ist), läuft mit der Unbekümmertheit eines übermütigen Hundes zu einem Passanten, bittet diesen um Streichhölzer, kommt zurück, gibt Lucia Feuer, bringt die Streichholzschachtel dem Passanten wieder und kommt noch einmal zurück . . . Ja, es muß schon ein Student sein: aus der Provinz und aus einer Familie von Kleinbürgern oder auch Arbeitern, deren Bescheidenheit und Unbeholfenheit – das sind die Merkmale der Armut – er noch unverkennbar, wenn auch anmutig an sich trägt.

Lucia weiß selbst nicht, wie und warum und mit welcher Geste von Kumpanei und ganz und gar unbewußter Vorurteilslosigkeit sie jetzt den Arm ausstreckt und die Wagentür öffnet: Der Junge steigt schnell ein, freut sich, nimmt das Abenteuer als rechte und beschlossene Sache an, die ganzes Glück verspricht.

Das Haus, in dem der Junge wohnt, ist von der Art, in der gerade Studenten aus der Provinz ihr Unterkommen finden. Es ist nicht alt und nicht neu, aber jedenfalls sehr traurig und ganz unscheinbar inmitten einer kleinen Gruppe weder alter noch neuer Häuser, die sich ihrerseits zwischen einem mächtigen, völlig neuen und von Glas und Metall glänzenden Häuserblock befindet – jüngstes und triumphierendes Produkt des

Neokapitalismus – und einer anderen kleinen Häusergruppe – himmlisch diese – aus dem neunzehnten Jahrhundert, wenn nicht noch älter, mit ihren wunderbaren Proportionen von grauem Gemäuer, Gesims, Laubengängen und alten Ställen, schön wie Kirchen. Dieser ganze Stadtteil ist schon fast ländlich – jenseits der Eisenbahnüberführung, die wie eine weißliche Erscheinung über dem leichten grauen Nebel in der Ferne schwebt – und schon fast inmitten der großen, unendlichen Pappelreihen gleich nach einem Kanal mit alten Steinmäuerchen.

Der Wagen parkt in einer Reihe anderer Wagen am abgenutzten Bürgersteig vor den traurigen Häusern, die weder alt noch neu sind; und Lucia geht mit dem Jungen in einen dieser miserablen, kleinen Hauseingänge.

Die Treppen liegen im Halbdunkel: Wenn man sie ansieht, kann man nichts anderes als stechenden Schmerz empfinden.

Ungeduldig steigt der Junge hinauf: Zweifellos würde er am liebsten vier Stufen auf einmal nehmen und im Nu all die schmerzlichen Treppenabsätze hinter sich lassen, die nach oben hin immer mehr geschwängert sind von einem Geruch nach Kohl und feuchten Lumpen.

So Gott will, erreichen die beiden die kleine Wohnungstür.

Im Zimmer steht ein schmales (sehr ordentlich gemachtes) Bett, und ohne einen Blick für etwas anderes zu haben, legen sich die beiden dorthin, ja, sie fallen beinahe auf das Bett, um ihrem unersättlichen Verlangen Befriedigung zu verschaffen. So verweilen sie lange – bis er mit einem Ruck aufsteht, fast wie erschrocken über irgend etwas Unvorhergesehenes (so daß Lucia in der Tat erschrickt), und sich die Jacke auszieht; dann bückt er sich und küßt sie; richtet sich aber gleich, ebenso ruckartig, wieder auf, um sich das Hemd auszuziehen (das ist schon umständlicher, bedingt also ein schüchternes Lächeln); wieder beugt er sich nieder und küßt sie; und wieder richtet er sich auf, diesmal, um sich ungestüm das Unterhemd auszuziehen und die Hose aufzuknöpfen. So legt er sich von neuem über sie und küßt sie wieder. Aber gleich, und wiederum ganz plötzlich, sinkt er wie eingeschlafen über ihr zusammen, verbirgt sein Gesicht zwischen ihrer Schulter und ihrer Wange.

Lucia achtet diese erste, verfrühte Müdigkeit (die gewiß auf seine große Jugend zurückzuführen ist, die er an sich trägt wie ein Geschenk zum Verschleudern) und nutzt die Gelegenheit, ihn zu betrachten und sich umzusehen. Von ihm kann sie nur etwas zerrauftes Haar und ein brennend rotes Ohr erkennen; aber ihr Blick, der das Zimmer erkundet, entdeckt alles, was darin ist, in seiner tristen Evidenz: Armut, Vernunft, Traurigkeit, gesunder Menschenverstand.

Am Boden die eben erst hingeworfenen Kleidungsstücke des Jungen: wie die Spuren von jemandem, der nur kurz da gewesen und gleich wieder in weiter Ferne verschwunden ist.

Aber er ist ja noch da und gegenwärtig: regt sich wieder, liebkost sie, küßt sie in seiner anmaßenden, doch allzu frischen, allzu unschuldigen Weise: fast, als wolle er nur eine Lust befriedigen, die ihm selbst kaum bekannt ist; oder als befolge er, wahnwitzig und unwissentlich, die festen Regeln einer Gewohnheit, die schon längst vor ihm war und deren einfacher, treuer und glücklicher Sklave er ist.

13

Wie auch Lucia schließlich Gott verliert oder verrät

Es ist kaum zu fassen, wie leblos die Nacht sein kann und wie sehr erfüllt von dem seelenlosen Willen, so zu sein.

Und doch, wer weiß wie, hinter dem Abgrund von erdverhaftetem Nebel – über den Dunstschleiern, die auf Dächern und Pappelwipfeln wabern, über der tiefen, zerrissenen Wolkendecke und endlich auch über den grenzenlos hohen Wolken, die vielleicht schönes Wetter verheißen für den morgigen Tag – erkennt man ein Mondviertel, schmal wie eine Melonen- oder Kürbisscheibe: ein Mond, der untergeht, unbeachtet und geschlagen.

Etwas von diesem grausam-melancholischen Mondlicht dringt in das Zimmer, wo Lucia mit offenen Augen auf dem zerwühlten schmalen Bett liegt.

In der Unbewußtheit seines Schlafs voller Anspruch und fast offensiver Unschuld hat der Junge das ganze Bett für sich eingenommen: Und Lucia so sehr an den Rand gedrängt, daß sie auch beim besten Willen nicht wieder einschlafen könnte. Wach geworden zu sein ist für sie das Eintauchen in einen Zustand intensiver Verwunderung: und eines Schmerzes, der mindestens so unheilbar ist wie das sterbende Licht dieses Mondes, das den Tag verkündet.

Die Gegenstände im Zimmer treten deutlich in Erscheinung und geben, einer nach dem andern, Anlaß zu Mitleid und Scham: Am Fenster das Tischchen mit dem Wachstuch; zwei oder drei Stühle; das kleine Regal an der Wand mit Unterhaltungslektüre (die Bücher sind wahrscheinlich alle aus zweiter

Hand); der kleine Tisch mit den großen, ernsten Fachbüchern und dem broschierten Studienmaterial; der Schrank, der sicher nur das Notwendigste an Garderobe enthält (gewiß so pfleglich behandelt, daß schon der Gedanke daran Mitleid erweckt); die billige Tapete an den Wänden; Drucke von zwei oder drei bekannten Gemälden im Passepartout; und über dem Bett natürlich eine blau-weiße Madonna aus Keramik, wie man sie gewöhnlich in Küchen sieht.

Lucia erhebt sich wie ein Geist: ohne (was man deutlich erkennt) irgendeine feste Absicht. Vielleicht nur aus Liebe oder vielleicht auch, um ans Fenster zu treten und Ausschau zu halten nach dem grausamen Licht, von dem das Zimmer erfüllt ist.

Doch sie bleibt regungslos neben dem Bett stehen und schaut ... auf die Kleidungsstücke des Jungen, die verstreut am Boden liegen.

Sie liegen noch genauso da, wie er sie am Abend hingeworfen hatte (wie viele Stunden sind inzwischen vergangen?); als er sich so stürmisch ausgezogen hatte, wie das eben nur Jungen tun, die ihren täppischen Rechten gegenüber so wenig kritisch sind. Und nun liegen sie da wie die Überreste eines Tieres, das dort seine Spuren, die Zeichen seines irdischen Daseins, hinterlassen hat und für immer entschwunden ist.

Die Lebendigkeit dieser armseligen und prosaischen Kleidungsstücke steht in absurdem Kontrast zur Ferne, die deren Besitzer in seinen Träumen erreicht hat: die hingeworfene Hose, vorn die Knöpfe offen, in all ihrer unbewußten Einfalt auseinandergespreizt am Boden; der Slip, vielleicht nicht ganz fleckenlos, mit den tristen Zeichen des Lebens; das Unterhemd, das allerdings strahlend aussieht, beschienen von dem jetzt klaren Mondlicht; die Schuhe verkehrt herum, dramatisch inmitten dieses Friedens; der schöne Pulli aus dicker Wolle und in einem Farbton, der nicht gerade lebhaft ist und doch so geheimnisvoll jung ... Doch die Socken hat sich der Junge gar nicht erst ausgezogen: Sie sind noch an den Füßen seines nackten Körpers.

Er schläft – wie ein Fötus – auf der Seite liegend, die Arme nebeneinander ausgestreckt (zwischen den Schenkeln, am Schoß).

Lucia sieht ihn an wie einen Überlebenden: Seine blinde Unschuld erregt ihr Mitleid; und sein allzu regelmäßiger, vom Schlaf etwas verunreinigter Atem, die von Schweiß und Blässe abgestumpfte, verformte Schönheit seines Gesichts und vielleicht auch ein unbestimmbarer Geruch, der von ihm ausgeht (möglicherweise die Socken, die er noch anhat) flößen ihr einen Widerwillen ein, der – selbstverständlich – noch gesteigert wird von der Friedlichkeit und Unbewußtheit dessen, der ihn auslöst und so töricht den Erfordernissen seines Körpers anheimgefallen ist. Ein Widerwille, der schon fast an Haß grenzt; tatsächlich ein Verlangen, ihn zu schlagen, zu beleidigen mit Entrüstung und Verachtung, damit er ein für allemal begreife, daß ein Mann sich nie in den Schlaf davonmachen, nie nachgeben, nie sterben darf!

Und doch kann Lucia auch eine gewisse Zärtlichkeit nicht unterdrücken, es ist ihr letztes und endgültiges Gefühl, ehe sie sich fortschleicht: Schon kleidet sie sich an, schon hat sie ihren Rock angezogen, nun tritt sie an ihn heran, liebkost noch einmal diesen nackten Körper, dessen Muskeln jetzt so entspannt und weich sind, ahnungsloses Fleisch. Von der Brust, weit und sanft geschwungen wie ein Feld, streicht sie herunter über den von seinen symmetrischen Muskeln wie bei einer Statue zweigeteilten Magen, über den Bauch, der noch kein Quentchen Fett, aber fast schon zuviel Männlichkeit hat und einen Haarschatten bis zum Nabel herauf – und berührt schließlich sein Geschlecht, rein von allem, was nicht Erbärmlichkeit des Fleisches ist.

Dann macht Lucia sich fertig, sehr langsam und wiederum gepackt von jenem Schmerz ohne Namen und sicher auch ohne Heilmittel.

Sie nimmt ihre Sachen und verläßt das Zimmer, und gar nicht sehr verstohlen und leise.

Der Stadtteil, in dem der Junge wohnt, bleibt zurück; die Straßenbeleuchtung (eine schwache Lampe vor jeder Tür der traurigen Häuser) verlischt. Der Tag bricht an, abstoßend, mondlos und mit einer allenthalben gleichförmigen weißen Wolkendecke.

Am Kanal mit dem Steinmäuerchen entlang, gefolgt von einem langen Grasstreifen, führt die Straße ins Zentrum.

Da sind schon all die resignierten Menschen auf dem Weg zur Arbeit; teils zu Fuß zur Straßenbahnhaltestelle; teils mit dem Motorrad oder einer traurigen alten Lambretta; lästig, in dichten Schwärmen kommen auch schon die Autos vorbei, die wilden Fiat-600 von sechs Uhr morgens.

Aber da, auf der anderen Straßenseite, lehnen an einer kleinen Kanalbrücke zwei Gestalten mit jenem typischen Aussehen, das sie von allen andern unterscheidet wie das natürliche Privileg einer anderen Menschengattung: der Jugend.

Lucia nimmt sie nur flüchtig wahr, während ein anderer Wagen ihren Weg kreuzt. Sie heben die Hand, selbstsicher und arrogant, fordern ohne jede Freundlichkeit, mitgenommen zu werden.

Lucia fährt noch drei- oder vierhundert Meter weiter, entschließt sich dann verzweifelt zu einer gefährlichen Kehrtwendung unter den Beschimpfungen der Fahrer von Kombiwagen, die in Scharen daherkommen, und fährt zurück. Die beiden wundern sich nicht im geringsten: Sie machen ihr fragendes, gleichgültiges Stop-Zeichen, und sobald Lucia verlangsamt und schließlich anhält, laufen sie hinzu, sagen gerade das Nötigste und steigen ein.

Der neben ihr sitzende Junge hat blaue Augen. Breitbeinig und aufrecht sitzt er da wie manche Statuen in alten Dorfkirchen, wie die homerischen Könige: Aber wahrscheinlich ist es nur die Genugtuung, in einem großen Auto fahren zu können.

Der auf dem Hintersitz hat einen verschlagenen, unbeteiligten Ausdruck: vielleicht weil er der Unterlegene von den beiden ist (an Alter oder wer weiß woran): Und so beobachtet er, was sich nun ereignet und den andern, den Freund betrifft; ihn nicht, denn er ist ja nur Zuschauer, und so gibt er sich ungeniert und ein wenig spöttisch seiner verständnisvollen Betrachtung hin.

Sein Freund indes ist für den Augenblick noch auffällig mit etwas ganz anderm beschäftigt: Er sieht konzentriert auf die Straße, verfolgt die Fahrt. Während er so in korrekter Haltung und sehr interessiert nach vorn sieht, knöpft er sich fast mechanisch den Kurzmantel auf: Und in aller Unbefangenheit erscheinen seine kräftigen Schenkel unter dem (in der fast winterlichen Kälte dieser Stunde) zu dünnen, sommerlichen Stoff der Hose.

Lucia nimmt, ebenso abwesend, ihre rechte Hand vom Steuer und streicht sich über das in Unordnung geratene Haar (einen Augenblick nur bedeckt sie auch ihr Gesicht, und in diesem Augenblick wird ihre verdrießliche, wächserne Gleichgültigkeit zu einer Grimasse von Schmerz und Schrecken); dann fällt ihre Hand, wie aus Müdigkeit, aus morgendlicher Trägheit nicht aufs Steuer, sondern auf die Kante ihres Sitzes und bleibt dort untätig ruhen.

Der Junge, der bis jetzt immer nach vorn gesehen hat – wie hat er's also bemerkt? –, nähert ihrer Hand ganz sachte seine eigene – die starke Hand eines Arbeiters oder Verbrechers –, berührt sie zuerst leicht mit dem kleinen Finger und packt sie dann; und führt sie mit einem Ruck an seinen von diesem fast durchsichtigen Tuch bedeckten Schenkel; und dann mit einem zweiten Ruck über sein Geschlecht.

Der Wagen rollt über den glänzenden Asphalt einer Straße, die wer weiß wohin führt.

Zu beiden Seiten jedenfalls sind die Rieselfelder, umrahmt von Pappeln: Ihr Grün ist traurig und alt; die Ebene ist ganz flach, ohne jede Bodenerhebung; die Pappelkathedralen sind durchscheinend, eine hinter der anderen, enden jedoch schon bald vor einer dicken Nebelwand.

Rechts ein Fuhrweg mit den alten Fahrspuren der Karren, in der Mitte das Rückgrat aus fauligem Gras – er führt in die Rieselfelder hinein.

Fast willenlos biegt Lucia in diesen Fuhrweg und fährt an einer langen Reihe zitternder Pappeln vorbei; und da erscheint wie durch ein Wunder ein alter, verlassener Schuppen gleich hinter einem vollen Wassergraben. Über eine Brücke aus zwei morschen Balken kann man hinüber.

Lucia und der Junge steigen aus, überschreiten den Steg, gehen bis hinter das rote und graue Gemäuer des Schuppens, durch das Gras, das tropfnaß ist von Tau und vom nächtlichen Regen.

Der Junge drängt sie an die Wand und löst, ohne sie vorher auch nur zu umarmen oder zu küssen, gleich seinen Hosengürtel.

Sie sind schnell mit der Liebe fertig; wenige Minuten haben dem Jungen genügt, der gerade erst aus dem Bett kommt – voll jugendlichen Schlafs, der ihn so mit Samen erfüllt hat, daß ein Nichts genügte, um ihn zu lösen.

Er schnallt den Gürtel wieder fest, wirft einen flüchtig-schüchternen Blick (schüchtern und nicht verlegen) auf Lucia und geht.

Er verschwindet hinter dem Mauereck, und Lucia bringt sich nur zögernd wieder in Ordnung, während eine Grimasse von Schmerz oder besser von Entsetzen wieder das sanfte, verbrauchte Gesicht entstellt.

Aber da taucht hinter der kleinen Mauer der andere Junge auf, in seinem leichten, stutzerhaften Mäntelchen mit dem hochgestellten Kragen, darunter alte Blue jeans. Erst in diesem Augenblick wird sich Lucia der stillschweigenden Übereinkunft bewußt und ebenso der Tatsache, daß sie ja willentlich daran teilhatte. Dieser Junge hat *keine blauen Augen* und ist auch nicht so hübsch wie die andern, er sieht ganz durchschnittlich und sogar etwas abstoßend aus. Lucia löst sich von der Wand, schickt sich zum Gehen an, sie lehnt sich auf gegen Gewalt und Schweigen dieser unausgesprochenen Übereinkunft: und noch erfüllt von der echten Überzeugung, daß dieser Junge sie nicht interessiert und ihr nicht gefällt. Aber schon hält er sie an die Wand gepreßt – und ist so siegessicher, daß er dabei seinen kindlich-sanften Ausdruck nicht verliert und auch nicht die Offenheit dessen, der eigentlich um etwas bittet: Das Gewicht der einen Hand liegt auf ihrer Schulter, die andere ist schon instinktiv am Schoß dieses junggereiften Vaters . . .

Lucia setzt die Jungen auf dem Platz eines Dorfes ab, das von Fabriken und Pappeln umgeben ist. Die beiden steigen aus, verabschieden sich. Und gehen mit forschem und schnellem Schritt dem Tun ihres Morgens entgegen, an diesem Ort, der ihrem Leben wohlvertraut ist. Lucia läßt den Motor an und fährt hinaus in die Landschaft.

Gleich ist sie wieder inmitten von Rieselfeldern und Pappelreihen. Der Morgen hellt sich auf, und das Grün leuchtet schwermütig und feierlich.

Ein Fluß taucht auf, eingezwängt zwischen zwei düsteren Dämmen von einem abgründigen Grün, blankgeputzt wie Messing. Dann ein junger Pappelbestand, dicht und mit regelmäßigen, endlos langen Baumreihen, die sich dorthin verlieren, wo die Sonne in Schwermut triumphiert.

Dann erscheinen tiefe Einbuchtungen, die den Horizont fast bis zum Po verbreitern, und darinnen, in einsamen Gevierten von Pappeln, so farblose Rieselfelder, daß sie fast weiß aussehen und geheimnisvoll wie fernöstliche Reisfelder.

Alle Straßen laufen auf diese Erscheinungen zu. Und folgen eine der anderen wie in einem lichten Labyrinth. Nach rechts abbiegen ist dasselbe wie nach links abbiegen: Auf die fast traumhaft weiß schimmernden Berge zufahren ist dasselbe wie auf die Po-Niederung zufahren, die sich real, sogar realistisch präsentiert – aber zutiefst fremd, wie eine rustikale Welt aus fernen, vergessenen Zeiten.

So ist Lucia nicht imstande, die Straße nach Hause zu finden, und irrt in diesem elegischen Labyrinth umher, das so abscheulich traurig ist, trotz seines strahlenden Grüns. Hier und da wendet sie und fährt wieder zurück, mitten auf irgendeiner schmalen Asphaltstraße, die vorn und hinten völlig gleich ist; manchmal, wenn sie bei einer Abzweigung nach rechts abgebogen ist, ändert sie plötzlich ihren Sinn, wendet wieder und fährt nach links. Aber nur, um sich zwischen den Reihen der Pappelbestände zu verlieren, die blind sind in ihrem uralten, niemals entdeckten Geheimnis der Wälder.

Lucias Desorientiertheit, die ihr auf dem wie zu Glas gewordenen Gesicht geschrieben steht, verbirgt nur eine einzige, feste Entschlossenheit. Aber welche? Möglicherweise nichts anderes als Verhärtung, Zurückweisung. Ein »Nein« gegenüber einer Wahrheit, einer vielleicht gar erbärmlichen, dürftigen, verzweifelten Wahrheit.

Sie biegt in eine Straße, die wie alle anderen ist (und die sie vielleicht schon einmal befahren hat), entscheidet sich bei einer Abzweigung eindeutig für die rechte Seite (hüben und drüben die Amphitheater von Pappeln, unregelmäßig diesmal wegen eines Flußbettes, das von Fabrikabwässern ganz verschmutzt ist, vielleicht ist es der Lambro) und kommt schließlich zur Einmündung eines Fuhrweges mit der gewohnten Rippe in der Mitte. Hier hält sie an, getroffen und überwältigt von einer Erscheinung, die sie nicht erstaunt und auch nicht erfreut, sondern einfach gefangennimmt und *in eine rasche Folge präziser, erregender Überlegungen stürzt.*

Als Ergebnis verläßt Lucia den Wagen und geht zu Fuß auf diese Erscheinung zu, die ihrer Fahrt mit den dauernden sinnlosen Kehrtwendungen ein Ende bereitet hat.

Eine Kapelle ist es, die einsam inmitten einer Weite von Rieselfeldern und Pappeln dasteht: eine gelblich-weiße, kleine, zierliche Kapelle – gewiß nach den noch barocken Vorstellungen eines Provinzarchitekten entstanden, der im Neoklassizismus lebte; absurd also und vollkommen zugleich, mit ihren wohlgesetzten Settecento-Schnörkeln, die viel eher an ein Adelswappen als an irgendein Glaubenssymbol erinnern.

Ganz allein und verloren steht sie da mitten in der Landschaft.

Die zerbrochene, wenn auch kürzlich erst von gläubigen, noch im vorigen Jahrhundert geborenen Alten wieder hergerichtete kleine Tür ist angelehnt: Und knarrend öffnet sie sich unter Lucias schüchternem Druck.

Das Innere ist ganz neunzehntes Jahrhundert; dumm und bigott, ehrlich gesagt. Aber die Sitzreihen – auch sie zerbrochen und unbenutzt wie die Tür – und ein einziger, winziger, baufälliger Beichtstuhl entbehren gerade wegen ihrer totalen Vernachlässigung nicht jener Schwermut der alten, schrecklichen Religion, deren Grenzen die Armseligen Brüder überschritten – und sich verloren haben mit dem Lichte ihrer Sonnen.

In die kleine Apsis über dem kahlen, verstaubten Altar ist eine Kreuzigung gemalt: sicher das Werk eines armen romantischen Künstlers – ungelenker und manierierter Epigone von Renaissance-Konstruktionen, die heutzutage nur noch für das einfache Volk taugen: So hat der am Kreuz hängende Christus das Aussehen eines jungen, ein wenig blöden und zweideutigen Seelsorgers mit blauen Augen voll von dem, was Göttliche Barmherzigkeit sein soll.

Wir werden nicht in Lucias Bewußtsein dringen. Nachdem sie sich bekreuzigt hat, ist sie regungslos an der Tür stehengeblieben: Kein anderer Ausdruck ist an ihr wahrzunehmen als derjenige, der von der feuchten Schwärze ihrer starren, verlorenen Augen herrührt.

Zu jenem Christus dort zieht es sie hin, und sie läßt ihren mageren Körper hier an der Tür wie eine leere Hülle, die zu ihrem alten Leben zurückgekehrt ist.

14

Levitation

Die Bank vor der abgeblätterten Wand des Bauernhauses steht leer. Emilia ist nicht mehr da.

Heute befindet sie sich weiter oben: aber nicht an einem der kleinen Fenster im ersten Stock, die alle geschlossen sind; und auch nicht an einem der noch kleineren Fenster im Speicher, die keine Scheiben haben. Sie befindet sich sage und schreibe über dem First, über dem Dach.

Also, Emilia *schwebt am Himmel.* Sie befindet sich dort ohne jeden Grund und mit weit ausgebreiteten Armen.

Vielleicht verharrt sie schon seit Stunden in dieser Stellung: hoch oben wie eine Sonde oder wie eine Erhängte gegen das graue Gewölk, das – es ist fast Abend – von einem absurden Blau durchbrochen wird.

Unten, im Innenhof des Bauernguts, stehen eine Menge Leute, die himmelwärts starren und nicht wissen, was sie sagen oder tun sollen, entgeistert, irre von dieser Neuigkeit. Nur der kleine Junge, der mit den Brennesseln, der kleine Verwandte der überm Dach schwebenden Heiligen, hat einen Einfall, vielleicht weil er ein Kind ist und sich darum mehr freut als wundert: Er rennt zum kleinen Turm des Bauernguts, wo im Rundbogen gegen den Himmel ein altes Glöckchen baumelt, hängt sich ans Seil und läutet, läutet . . .

Bei dem schrillen und unregelmäßigen Klang gewinnt dies außergewöhnliche Schauspiel auf dem Bauerngut eine eher menschliche Bedeutung, und die Leute finden halbwegs wieder zurück zu Bewegungen und Handlungen, die in derlei Fällen erforderlich sind, wenn man die alte und wohlbekannte Gegenwart Gottes greifbar vor Augen hat.

Einige blicken stehend nach oben, andere sinken auf die Knie, einige schweigen, andere beten; einige sind ganz benommen, andere zu Tränen gerührt. Die über alle Maßen erstaunliche Gegenwart dieser kleinen, schwarzen, schwebenden Gestalt über dem Dachfirst, vor einem schwindelerregenden Himmel, der bedeckt ist mit den schwermütigen, lichtgeränderten Wolken des Sonnenuntergangs, kann als bloße Erscheinung, als bloße Tatsache dem von ihr selbst hervorgerufenen irrsinnigen Glücksgefühl gar nicht Genüge tun, kann es gar nicht ausschöpfen.

Im übrigen muß man ja zugeben, daß es nicht gerade alltäglich ist, Zeuge eines solchen Ereignisses zu sein. Für den Augenblick kann niemand sagen, was die Schatten bringen werden, die wie allabendlich langsam und ernst vom Himmel sinken.

15

Interview über die Heiligkeit

An dieser Stelle wird der Leser einen schwierigen und vielleicht unangenehmen Schritt zurückgehen müssen vom Verlauf unserer Geschichte bis zu ihrem Hintergrund – was eine trockene und prosaische Unterbrechung bedeutet, wie eben bei jeder Bilanz.

Wie häßlich, banal und unnütz ist doch die Bedeutung *einer jeden Parabel* ohne die Parabel!

Was das Wunder der Heiligen in das Bauerngut gebracht hat, ist letzten Endes nichts weiter als eine große, bunte Menge von Bauersleuten: die nämliche, wie man sie sonntags in den Kirchen sieht. Und die Innenhöfe sind so überfüllt, daß man Emilia hinten auf ihrer Bank kaum erkennen kann. Auf dem Kopf trägt sie ein schwarzes Tuch, das ihre grünen Haare verbirgt.

Im Gefolge der Menge ist auch ein Journalist eingetroffen mit Notizbuch und Bandgerät (vielleicht sogar ein Reporter mit Kamera).

Offensichtlich – und das schlechte Gewissen steht ihm auf dem Gesicht geschrieben – hat er all diese Leute zu interviewen, und er sieht sich nach geeigneten »Gesprächspartnern« um: Da sind arme Bauersfrauen, rot vor Kälte und Arbeit; und die Männer, zerschunden von einem Leben inmitten der Rieselfelder und Deiche der Bassa, unter Nebelschwaden, eiskalten, tiefen Wolken und kümmerlicher Sonne; aber da gibt es auch bürgerliche Gruppen, Intellektuelle und vor allem Damen.

Wegen dieser Reportage also muß sich der Leser – wir wiederholen, vielleicht ungerechtfertigterweise – eine Einfügung gefallen lassen. Eine ganze Reihe von Fragen, die der Journalist an die Menschen richtet, die sich auf den Innenhöfen des Bauernguts versammelt haben: ein Insert, zudem auch noch im Jargon des alltäglichen Kulturverkaufs – Zeitungen, Fernsehen –, das nicht nur billig, sondern geradezu ordinär ist.

Die Fragen des Reporters sind in etwa folgende:

»Glauben Sie an Wunder? Wer bewirkt sie? Gott? Und warum? Warum läßt er sie nicht für alle oder durch alle geschehen?«

»Glauben Sie, daß Gott nur für die Gläubigen Wunder wirkt oder nur durch Vermittlung der wirklich Gläubigen?«

»Gesetzt den Fall, Gott würde sich Ihnen durch ein Wunder offenbaren, glauben Sie dann, daß es Sie ... Ihr Wesen ... ändern würde? Oder glauben Sie, daß Sie derselbe bleiben würden wie vor dem Wunder?«

»Glauben Sie, daß sich irgend etwas in Ihrem Leben verändern würde? Und wäre in diesem Fall das Wunder als solches wichtiger oder die – als Folge des Wunders – eingetretene Wandlung Ihrer menschlichen Natur?«

»Warum hat Gott Ihrer Meinung nach eine arme Frau aus dem Volk auserwählt, um sich durch ein Wunder zu offenbaren?«

»Weil bürgerliche Menschen nicht wirklich religiös sein können?«

»Nicht, weil sie nicht gläubig wären oder nicht glauben würden, es zu sein ... sondern weil sie kein *wirkliches Gefühl für das Heilige* haben?«

»Und wenn wir nun annehmen, daß tatsächlich ein Bürgerlicher durch das Eintreten eines Wunders notwendigerweise mit dem konfrontiert wird, was anders ist, und demzufolge gezwungen wird, die auf die sogenannte Normalität gestützte *falsche Vorstellung von sich selbst* wieder in Frage zu stellen – könnte in dem Fall dieser Bürgerliche zu einem echten religiösen Gefühl gelangen?«

»Nein? Dann ist also jedes religiöse Erlebnis beim bürgerlichen Menschen nur ein moralisches Erlebnis?«

»Ist Moralismus (sofern vorhanden) die Religion des Bürgertums?«

»Demnach hat der Bürger ... *die Seele durch das Gewissen ersetzt*?«

»Verwandelt sich bei ihm jede überkommene religiöse Gegebenheit automatisch in einen reinen *Gewissensfall*?«

»Demnach ist also die metaphysische Religion verlorengegangen, indem sie sich in eine Art *Verhaltensreligion* verwandelt hat?«

»Ist dies vielleicht das Ergebnis von Industrialisierung und kleinbürgerlicher Kultur?«

»Nichts, was dem bürgerlichen Menschen widerfahren würde, also *auch nicht ein Wunder oder ein göttliches Liebeserlebnis*, könnte demnach bei ihm jemals das alte metaphysische Gefühl der bäuerlichen Epochen wiedererwecken? Und würde in ihm nichts anderes bewirken als einen nüchternen Kampf gegen das eigene Gewissen?«

»Die Seele hat ihre Rettung zum Ziel, aber das Gewissen?«

»Gott ... in dessen Namen diese Bauerstochter, die in der Stadt Dienstmagd gewesen ist, Wunder wirkt ... dieser Gott, ist er nicht ein alter ... also bäuerlicher ... biblischer und etwas verrückter Gott?«

»Und was für einen Sinn hat es, daß seine Wunder in diesem entlegenen Winkel einer überlebten bäuerlichen Welt geschehen?«

»Hat diese heilige Verrückte vor den Toren Mailands und angesichts der ersten Fabriken nicht diese Bedeutung?«

»Ist sie nicht eine schreckliche lebende Anklage gegen das Bürgertum, das die Religion (bestenfalls) zu einem Verhaltenskodex herabgewürdigt hat?«

»Während diese heilige Bauernmagd *sich retten kann*, und sei es in einen stillen Winkel der Geschichte, kann sich demgegenüber kein Bürgerlicher retten, weder als Individuum noch als Kollektiv? Als Individuum nicht, weil er keine Seele mehr hat, sondern nur noch ein Gewissen – ein vielleicht edles, aber doch schon von Natur aus kleinliches und beschränktes –; und als Kollektiv nicht, weil seine Geschichte spurlos zu Ende geht, indem sie sich wandelt von der Geschichte der ersten Industrien zur Geschichte der Vollindustrialisierung der Welt?«

»Aber hat die neue Religionsform, die dann entstehen wird (die ersten Anzeichen dafür sieht man schon in den Ländern, die am weitesten fortgeschritten sind), gar nichts zu tun mit dieser (Pardon) scheißbürgerlichen Welt, in der wir leben, sei sie nun kapitalistisch oder sozialistisch?«

16

Es ist Zeit zu sterben

Es ist noch ganz früh. Die Sonne muß erst richtig aufgehen.

Das Gut mit seinen großen Innenhöfen ist völlig ausgestorben. Allenfalls zwitschern ein paar Spatzen in der eisigen Kälte. Nur Emilia sitzt wie stets auf ihrer Bank.

Aber nun kommt durch das große Tor zur Straße unsicher eine schwarze Gestalt heran: eine Alte, eine zahnlose Alte, sanft und unsicher wie ein kleines Mädchen, das auf einmal da ist, verschüchtert durch die eigenen Schritte.

Sie hat ihr bestes, ihr Sonntagskleid an, mit dem sie sonst zur Frühmesse geht: Und trotzdem huscht sie wie eine kleine Diebin in den Torbogen hinein, in dem noch tiefe Nacht ist – und taucht dann am Rand des Innenhofs wieder auf, noch unsicherer und noch verwirrter.

Vielleicht fürchtet sie, nicht richtig verstanden, sich geirrt, irgend etwas falsch gemacht zu haben: Und so sieht sie voller Sorge dorthinüber, wo die Heilige kerzengerade und leblos dasitzt. Erst nach einer ganzen Weile gibt Emilia zu erkennen, daß sie die Alte bemerkt hat.

Zum ersten Mal nach langer Zeit steht sie von der Bank auf, und mit ihrem langsamen, besessenen Schritt, mit dem sie vor Monaten und Abermonaten zurückgekehrt ist, geht sie auf die Alte zu, die sie jetzt wie eine Mitverschworene beruhigt erwartet.

Und ohne auch nur ein Wort miteinander zu wechseln, begeben sich die beiden Frauen auf ihren Weg.

Sie treten in den Schatten des Torbogens, kommen drüben

wieder heraus, im Licht der verschwommenen weiten Felder: Und dort gehen sie nicht nach rechts, die asphaltierte Straße, sondern den Fuhrweg entlang, der ins Land hineinführt, auf einen andern, weißen Torbogen zu, der dem Eingangstor gleicht und in der noch blassen Atmosphäre kaum zu erkennen ist.

Die Sonne ist schon über dem Horizont, steht wie eine traurige Scheibe im Nebel. Durch die noch farblosen Felder gehen die zwei stummen schwarzen Frauen rasch dahin, als strebten sie einem fernen Markt zu.

Emilia weint verzweifelt und lautlos, läßt die hervorquellenden Tränen ununterbrochen über ihre Wangen rinnen, ohne sie abzuwischen.

Schon stehen die Bauernhäuser dichter, doch um sie herum neue Häuserblöcke: Und dies sind traurige Häuser, beleuchtet von einer absonderlichen Sonne, die gefiltert wird durch den weit hinten noch über dem Land hängenden Nebel.

Auf der anderen Seite des Fuhrwegs mit seinem grünen, nassen Graben erscheint ein Plakat – riesengroß wie die Wand eines Gebäudes –, wo ein bleicher Mann mit geballter Faust die bevorstehende Errichtung einer neuen Stadt in dieser Gegend ankündigt. Da beschleunigt Emilia – weinend und ernsten Gesichtes – ihren Schritt und kommt bald zu einer breiten, traurig glänzenden Asphaltstraße, die nach Mailand führt.

Mit der alten Weggefährtin, die beherzt hinter ihr hertrippelt, geht Emilia, eine Flut unaufhaltsamer Tränen vergießend, jetzt durch die Vororte Mailands.

Noch ist hier kein Leben: Alles liegt still und verlassen da wie nachts im kalten Schein des Mondes.

Die beiden gehen hastig weiter und kümmern sich nicht darum, daß ihre Schritte die Stille des ersten Morgenlichts brechen, diese Stille, die von jedem, ob Mensch oder Ding, wie in stummer Übereinkunft geachtet wird. Nur die Sonne ist da und plagt sich ab in dem müden Versuch, einmal noch die Stadt mit ihrem bereitwilligen, kummervollen Licht zu überfluten.

Als Emilia an der Stelle angelangt ist, die sie erwählt hat – oder auch nur zufällig entdeckt hat und für geeignet hält –, bleibt sie stehen. Und die Alte bleibt hinter ihr stehen, ohne zu fragen, gehorsam wie ein Kind.

Vor ihnen dehnt sich eine riesige Planierungsfläche, wo ein ganzer Komplex städtischer Neubauten entsteht. In der Mitte dieser Baustelle reckt sich schwindelerregend ein Bagger: die Greifer, in der Untätigkeit der Dämmerstunde, waagerecht oder hängend am Himmel.

Nicht weit vom Bagger eine tiefe Grube, die der Bagger auffüllen muß. Emila sieht sich diese Schlucht in ihrer düsteren Schlammfarbe genau an und trifft ihre Entscheidung: Mit langsamen, wohlüberlegten Bewegungen steigt sie hinunter, hält sich dabei an den vorstehenden Erdklumpen und restlichen Sträuchern fest. Die Alte – diese Bäuerin, die ihr Leben lang gearbeitet hat, ohne zu klagen – setzt ihre letzten Kräfte ein, um ihr behutsam nachzugehen: Kein Wort verliert sie über den Entschluß der Heiligen, hält ihn für eine Sache, die mit dem Himmel abgesprochen ist, und hat in ihrem schlichten alten Herzen entschieden, daß es so sein muß. Die Grube ist fünfzehn oder zwanzig Meter tief, und unten ist der Schlamm noch weich und glänzend von alten Pfützen.

Unbeirrt und sicher, mit automatischen Bewegungen – doch in einem fort weinend –, legt sich Emilia auf dem Grund des Grabens der Länge nach hin, dicht an die abschüssige Wand. Und dann deckt sie sich langsam mit einer Schicht von Schlamm zu, wobei sie sich von ihrer Getreuen helfen läßt: Auf diese Weise ist sie von oben aus unsichtbar, ist eins mit dem weichen, glitzernden Erdreich und den Pfützen.

Ihre Tränen strömen ununterbrochen, schwemmen den Schlamm von ihren Augen weg und sammeln sich in einer winzigen Lache.

Sobald Emilia ganz mit Schlamm zugedeckt ist (sie ist jetzt völlig unkenntlich, ist ganz eins geworden mit dem Boden der Grube), verläßt die Alte sie wie in stillschweigender Übereinkunft, steigt langsam den glitschigen Hang hinauf und verschwindet über dem Rand der Grube.

Wieder einmal ist die Sonne ganz aufgegangen, und wieder einmal scheint sie in aller Gelassenheit (als wäre die ganze chaotische Mühsal bei Tagesanbruch nur ein Traum gewesen). Leise reden ein paar Männer miteinander, dann hört man in der Ferne Schläge – irgendwo an einer dieser Baustellen ohne Echo –, und plötzlich, mit ohrenbetäubendem, entsetzlichem, wahnsinnigem Kreischen, erwacht der Bagger. Aber nach diesem ersten Aufschrei verstummt er wieder. Und noch einmal die Stille und der Frieden der Sonne. Doch nur für wenige Augenblicke. Denn gleich fängt das Kreischen wieder an – um nicht mehr aufzuhören. In Abständen, markerschütternd begleitet es die ruckartigen, stumpfsinnigen Bewegungen der Maschine, die sich jetzt vorwärts- und rückwärtsschiebt, vorwärts und rückwärts, als hätte sie einen eigenen Willen, der allerdings nur zu einem jeweilig kurzen, irrsinnigen Denkprozeß imstande wäre: hier eine riesige Erdmasse brutal hochzureißen, um sie mit langgezogenem, schmerzlichem Kreischen dort wieder auszuschütten.

Aus dem Schlammhaufen, der Emilia bedeckt, fließen immer noch die Tränen, sind zu einem richtigen Rinnsal geworden: Und die ursprünglich kleine Lache, die sie gebildet hatten, breitet sich aus.

Der Bagger hat seine Arbeit fast beendet: Die riesige Grube, auf deren Grund Emilia sich ausgestreckt hat, ist nicht mehr.

Sie ist beinahe ganz eingeebnet mit frischem, weichem Erdreich; und zum Abschluß seiner Fron, immer noch kreischend, gleicht der Bagger die letzten Unebenheiten aus: Jegliche Erinnerung an die große Grube scheint ausgelöscht zu sein.

An der Stelle – die man jetzt kaum wiedererkennen würde – wo Emilia begraben wurde, quillt – erst zögernd, mit der abgemessenen Langsamkeit sich fortbewegender Insekten, dann immer entschiedener – ein dünner Wasserstrahl hervor. Das sind Emilias Tränen: Nach und nach bilden sie wieder eine kleine Lache, und von dort aus bahnt sich ein Rinnsal seinen Weg durchs Erdreich.

Da hört man in der Nähe erregte Schreie – Rufe – Schluchzen; dann ein Durcheinander von vielen Stimmen. Aus welcher Richtung des Baugeländes kommen sie? Vielleicht aus den obersten, leeren Stockwerken, die gegen den Himmel ragen? Oder aus den Arbeitsstätten im Freien mit ihren großen Brettern und den Haufen von Betonierungseisen auf dem Schlamm?

Doch Schreie und Stimmen scheinen aus der Nähe zu kommen: gleich hinter einem Bretterzaun an der eben erst vollendeten Erdaufschüttung, wo die Augen der begrabenen Emilia ihre Tränen emporquellen lassen. Und da wird hinter dem Zaun aus frischen Brettern hervor – auf den eine sehr ungelenke Hand mit tropfendem Teer Hammer und Sichel gemalt hat – eine Gruppe von Arbeitern sichtbar.

Mit eiligen Schritten und erregt durcheinandersprechend kommen sie über das weiche Erdreich. Aber einer von ihnen geht nur mühsam, gestützt von seinen Kameraden, die so behutsam wie sie können seinen Arm hochhalten. Der Arm blutet. Der Verletzte sieht sich beim Gehen verstört um.

Als die Gruppe – fast im Laufschritt – die Tränenlache erreicht hat, wird einer von den Helfern ihrer ansichtig, bleibt stehen, schiebt den Verletzten heran und schöpft mit hohlen Händen und ohne lange zu überlegen (ein alter, armer Arbeiter, der gewiß vom Lande kommt) etwas Wasser daraus und wäscht damit die Wunde an Handgelenk und Hand seines Kameraden.

Und siehe, sobald das Wasser die Wunde vom Blut reinigt, ist sie auch schon geheilt: In wenigen Augenblicken schließt sich der Schnitt und blutet nicht mehr.

Ehe die Arbeiter, was ja natürlich ist, in Rufe der Verwunderung ausbrechen – und naiv und ein wenig töricht reagieren, wie alle Menschen angesichts des Unerklärlichen –, herrscht für einen Augenblick tiefes Schweigen. Ihre armen, ausgemergelten, harten, guten Gesichter sind dieser Lache zugewandt, die in ihrer Unfaßbarkeit die Sonne spiegelt.

17

Paolos Korollar

Paolo, der Vater, kommt aus der Villa, steigt in seinen Mercedes und fährt ebenfalls die Straße entlang, an deren Ende einst der Gast entschwunden ist.

Plätze und breite Straßen ziehen draußen vor den Scheiben seines Autos gleichförmig vorbei in einem bleiernen Grau, das manchmal, und zwar immer dort, wo Feindseligkeit und Anonymität am größten sind, unterbrochen wird von ein wenig kümmerlicher Sonnenlieblichkeit. Schlecht geschützt da drinnen in seinem starken Wagen, fährt Paolo suchend durchs Zentrum. Um diese Stunde ist er sonst bei der Arbeit: Und ganz Mailand ist jetzt bei der Arbeit. Er aber *sucht*, gegen jede Regel und Arbeitseinteilung.

Genau wie seine Frau ist auch Paolo mit dem Leben einen Handel eingegangen – und was für einen, und wie unbewußt! –, und so kann seine Art und Weise, es zu verlieren, auch nur ein Handel sein, wenn auch ein unvernünftiger und verwerflicher. Jedenfalls sind die Blicke eines Suchenden stets die gleichen, was er auch immer suchen mag. Und während Paolo sich umsieht – in dieser Stadt, die will, daß er sei wie alle, und obendrein ein selbstsicherer und anmaßender Fabrikant –, sind seine Augen so flehend, gekränkt und voll sehnsüchtigen Verlangens, daß jener Handel, den auch er mit dem Leben eingegangen ist – es nämlich *verlieren zu können* –, ebenfalls etwas Extremes und Reines an sich hat.

Jetzt ist er auf dem Platz vor dem Hauptbahnhof: Hier sind

Bauarbeiten im Gange, und man findet nur schwer einen Parkplatz. Verstört fährt er im Kreis herum, in kindischer Verärgerung (aus alter Gewohnheit) auf alle andern Menschen: die so wunderbaren Zweitklassigen, die sinnigerweise und unbewußt das Leben bevölkern. Endlich findet er eine Parkfläche und stellt den Wagen ab. Er steigt aus und verdeckt so gut er kann sein Gesicht mit dem Mantelkragen: verängstigt, rastlos, brutal unter der Maske einer übertriebenen Ruhe.

Er geht in den Bahnhof, schlendert ein wenig durch die Schalterhallen (zur Rechtfertigung kauft er sich ein paar Zeitungen und studiert die Abfahrtszeiten). Unterdessen sieht er sich, den Harmlosen spielend, *suchend* um. Dann – wie Dutzende und Aberdutzende anonymer Menschen, die ebenso um Haltung bemüht sind – begibt er sich zur Rolltreppe und fährt hinauf; und nun steht er inmitten der milchigen Lichtfelder unter der riesigen Wölbung der Einfahrtshalle. In dieser Welt, die einer Vorhölle gleicht, nimmt Paolos Unsicherheit zu, wird fast zur Panik. Wohin soll er sich wenden? Womit soll er seine Anwesenheit begründen an diesem Ort, wo doch jeder eine so fest umrissene Daseinsberechtigung hat? Gewiß, er tut, als warte er wie irgendein anderer auf Angehörige oder Freunde, die mit dem Zug eintreffen müssen. Aber er muß doch *suchen*, also umhergehen, sich rühren, sich kompromittieren: Und das ist wichtiger als seine Würde.

Das Wunder widerfährt ihm, wie stets, als er in der Tiefe angelangt ist: Paolo befindet sich jetzt, verzweifelt, auf dem am wenigsten besetzten und am schlechtesten beleuchteten Bahnsteig – an der linken Wand mit ihren vielen traurigen Türchen bis ganz hinten hin, bis zum riesigen eisernen Bogen, wo die Helligkeit des Himmels erscheint (der Leser mag sich mit diesem Hinweis begnügen, der nicht alles sagt: Aber unser Bericht ist mit Schüchternheit und Angst geschrieben).

Die zwei blauen Augen eines Gesichts, das sich umwendet und über die breite Schulter sieht, gehören einem jungen

Mann. Er sitzt recht erbärmlich auf einer Bank: vielleicht ein Arbeitsloser, der lange Stunden allein verbringen und darauf warten kann, daß irgend etwas geschieht, oder einfach ein Arbeiter, der geduldig wie ein Rekrut auf seinen Bummelzug wartet.

Zwei Augen voller Güte und Unschuld.

Paolo bleibt hinter ihm stehen, dabei zittert er gewiß im vollen Sinn des Wortes. Er zwingt sich, die Zeitung zu lesen, und blickt, seinem Vorsatz gemäß, hie und da auf. Er hofft, daß der Junge sich noch einmal umdreht. Aber der scheint völlig abwesend zu sein wie ein schläfriges Tier: Wer weiß, was für Gedanken, was für Pläne in seinem Kopf umgehen, in was für einer Traumregion sein Leben sich abspielt!

Minuten vergehen, der Junge dreht sich nicht um; während Paolo hinter seinem Rücken jede, vielleicht sogar verkrampfte Anstrengung macht, um sich als ein Mensch zu geben, der beinahe streng und steif ist, wenn auch ein wenig unruhig: so daß er sich nicht länger als jeweils ein paar Augenblicke auf seine Zeitung konzentrieren kann.

Die beiden guten, unschuldigen und jetzt auch etwas verblüfften blauen Augen blicken sich plötzlich um, bleiben an Paolos Augen haften: Und der erwidert fast feindselig diesen Blick, unfähig zu irgendeiner Reaktion.

Weitere Minuten, viele Minuten vergehen. Dann erhebt sich der Junge, fast wie im Traum. Kommt alles zu seinem Ende? Lösen sich die Dinge in so bitterer und deutlicher Weise auf?

Groß ist er und robust (und gut und unschuldig auch in der Beschaffenheit seines Körpers. Ja, ein Rekrut, mit den armseligen Zivilklamotten seiner zwanzig Jahre).

Wohin wird er gehen, ohne sich umzudrehen?

Nur allmählich dringt es in Paolos Bewußtsein: Er geht auf das Ende des Bahnsteigs zu (dahin, wo das Weiß des Himmels steht), und es ist gar nicht wahr, daß er sich nicht umdreht. Denn bevor er durch die traurige Tür geht, die nicht weit weg ist von dort, sieht er sich noch einmal flüchtig um mit seinen blauen Augen voller Licht und ohne jeden Ausdruck.

Auch Paolo schickt sich zum Gehen an – macht einige Schritte im Dämmerlicht des Bahnhofs, bewegt sich unsicher auf jene kleine Tür zu – und bleibt dann unvermittelt stehen.

Wir werden in Paolos Bewußtsein ebensowenig eindringen, wie wir es bei Lucia getan haben. Und wir beschränken uns darauf, sein Tun zu beschreiben; und dieses Tun kommt – offensichtlich – aus einem Bewußtsein, das sich schon außerhalb des Lebens befindet.

Wie besiegt und dankbar beginnt er sich mit aller Sorgfalt seines leichten Mantels zu entledigen – ein einwandfreies Stück englischer Herkunft – und läßt ihn zu Boden fallen, wo er zusammensinkt wie etwas Totes, das ihm auf der Stelle fremd geworden ist; das gleiche Schicksal erleidet sein Jackett, dann die Krawatte, die Strickweste, das Hemd.

Also steht Paolo jetzt mit entkleidetem Oberkörper auf dem Bahnsteig, und die wenigen Menschen, die in dieser toten Zeit dort herumlaufen, bleiben vor ihm stehen. Was ist mit diesem Mann?

Paolo, der jetzt allem entfremdet ist, zieht sich unbeirrbar und völlig abwesend immer weiter aus, als könne er die Realität nicht mehr von ihren Symbolen unterscheiden; oder vielleicht auch, als sei er fest entschlossen, ein für allemal die eitlen und trügerischen Grenzen zwischen der Realität und ihrer Darstellung zu überschreiten. Also etwas, was Menschen tun, die irgendein Glaube für immer von ihrem Leben gelöst hat.

Demnach fallen auf die andern Kleidungsstücke zuerst das Unterhemd, dann die Hose, die Unterhose, die Socken und die Schuhe. Neben dem Haufen von Kleidungsstücken erscheinen schließlich die beiden nackten Füße: Sie drehen sich um und entfernen sich langsam über den grauen, glänzenden Bahnsteig, inmitten der beschuhten Menschenmenge, die erregt und stumm zusammengelaufen ist.

18

Interview über die Schenkung der Fabrik

Die Glocken läuten den Mittag ein, aus dem nahen Lainate oder auch aus dem noch näheren Arese. Und ihr Klang vermischt sich mit dem der Sirenen.

Die Fabrik dehnt sich über die ganze Breite des Horizonts: wie ein riesiges Fährschiff, verankert zwischen den Rieselfeldern und den durchscheinenden Pappelreihen.

Eine elegische Atmosphäre: Die zwei, drei Kilometer horizontaler, im leichten Nebel verschwimmender Mauern vermitteln den Eindruck, als umschlössen sie mit lombardischer Sanftheit und Lauterkeit »Ruhe, Wohlstand und Genuß«. Auch die Hunderte und Aberhunderte von Autos, die in Reihen auf den Parkplätzen stehen, scheinen nichts anderes zu sein als farbige Zierleisten für diese Ordnung und diesen Frieden.

Dann ist plötzlich die Hölle los: Die sechstausend Arbeiter der Fabrik strömen alle auf einmal heraus, ausgespuckt aus den nachgiebigen Toren, und die weiten Parkplätze werden wie von einem Wirbelsturm erfaßt.

Doch das freie Gelände vor der Fabrik ist riesig, und die Menge der Arbeiter verliert sich darin. Und bald schon würde sie sich völlig zerstreuen, wenn sich nicht unvermutet und gegen alle Gewohnheit hier und dort Grüppchen und Gruppen bildeten wie vor einem Streik oder vor einer Wahl. Auch kleine Trupps von Polizisten stehen herum, aufmerksam und mißtrauisch, und ein paar Zivilisten, offenbar Journalisten und Neugierige, mischen sich unter die Arbeiter.

Hier muß der Leser ein zweites Mal, wenn möglich mit Geduld, eine Einblendung in den Fortlauf der Handlung hinnehmen: also das Pedal der armseligen Alltagslogik durchtreten und, sei's auch mit verständlichem Unbehagen, das der süßen Phantasie loslassen.

Ein Journalist also – oder auch ein Reporter mit seiner Filmkamera, vielleicht derselbe, den wir schon auf Emilias Bauerngut gesehen haben – geht in der für seinen Beruf typischen Art, die jedoch weder seine Befangenheit noch sein schlechtes Gewissen vertuschen kann, auf die Menge der Arbeiter zu und stellt ihnen sorgfältig vorbereitete Fragen in seiner unschönen Sprache, die dem Bildungsniveau des Mittelstandes entsprechen soll.

Im folgenden also diese Fragen, die unvermittelt zur jämmerlichen Aktualitätsprosa zurückführen sollen, ohne die ja schließlich weder Autor noch Leser – vereint in einem stillschweigenden schuldhaften Bündnis – ein ruhiges Gewissen haben könnten:

»Sie sind doch einer von den Arbeitern hier. Wie viele Jahre arbeiten Sie in der Fabrik? Und Sie? Was sagen Sie zum Verhalten des Chefs?«

»Er hat Ihnen, also den Arbeitern, seine Fabrik durch Schenkung vermacht. Sie gehört jetzt Ihnen. Beschämt Sie die Tatsache der Schenkung nicht?«

»Wäre es Ihnen nicht lieber gewesen, das Verfügungsrecht über die Fabrik aus eigener Kraft zu erlangen?«

»Bleibt nicht in dieser ganzen Angelegenheit der Fabrikbesitzer die Hauptperson? Hat er Sie damit nicht an die Wand gedrängt? Hat er Ihnen damit nicht irgendwie Ihre revolutionäre Zukunft verbaut?«

»Ist die Tat Ihres Fabrikbesitzers ein Einzelfall, oder ist sie der

Ausdruck einer allgemeinen Tendenz aller Fabrikbesitzer in unserer heutigen, modernen Welt?«

»Wohin wird die Arbeiterklasse gebracht, wenn die Mitbestimmung über die Fabrik sich auf Schenkungen oder, besser, auf Konzessionen gründet?«

»Wäre damit die Umwandlung des Menschen in einen Kleinbürger vollkommen?«

»Wenn wir diese Schenkung als Anzeichen oder als Extremfall für den neuen Kurs der Macht betrachten, ist sie dann im Grunde genommen nicht ein erster, prähistorischer Beitrag zur Umwandlung aller Menschen in Kleinbürger?«

»Wäre dann die Schenkung der Fabrik als öffentlicher Akt zumindest vom Gesichtspunkt der Arbeiter und Intellektuellen aus nicht ein historisches Verbrechen und als privater Akt eine altherkömmliche religiöse Lösung?«

»Aber ist denn diese religiöse Lösung nicht ein Überbleibsel aus einer Welt, die mit der unseren nichts mehr gemein hat? Beruht sie nicht auf Schuld statt auf Liebe? So daß ein Bourgeois sein Leben nie wiederfinden könnte, auch wenn er es verlöre?«

»Ergibt sich daraus nicht die – freilich nicht sehr originelle – Hypothese, daß das Bürgertum in keiner Weise, weder öffentlich noch privat, seinem eigenen Schicksal ausweichen kann und daß *alles, was ein Bourgeois tut, immer nur falsch sein kann*?«

»Kann man als Ursache für all dies die Begriffe Besitz und Besitzerhaltung ansehen?«

»Aber sind die Begriffe Besitz und Besitzerhaltung, auf die sich die Verurteilung der Bourgeoisie gründet, nicht Merkmal der alten Besitzergesellschaft? Während die neue Welt sich doch weniger um *Besitz und Besitzerhaltung als vielmehr um Produktion und Verbrauch bemüht*?«

»Wenn es die alte, bäuerliche Welt gewesen ist, die dem aufkommenden Bürgertum – in den Zeiten, da dieses die ersten Industrien gründete – den Willen zu Besitz und Besitzerhaltung überliefert hat, *nicht aber ihr religiöses Empfinden* – war dann nicht alle Empörung und Verärgerung auf diese Welt gerechtfertigt?«

»Wenn jetzt aber die Bourgeoisie auf revolutionäre Art ihre eigene Natur verändert und darauf hinzielt, die gesamte Menschheit sich selbst anzugleichen bis zur völligen Identifizierung des bürgerlichen Menschen mit dem Menschen schlechthin, haben dann diese alte Verärgerung und Empörung nicht allen Sinn verloren?«

»Und wenn nun die Bourgeoisie – dadurch, daß sie die ganze Menschheit mit sich selbst identifiziert – außer sich selbst niemanden mehr hat, den sie mit ihrer Verurteilung (die auszusprechen sie nie verstanden oder gewollt hat) beauftragen kann, *ist ihre Zweideutigkeit dann nicht schließlich tragisch geworden*?«

»Tragisch, weil es jetzt keinen Klassenkampf mehr gibt, den sie – mit allen, auch kriminellen Mitteln, wie den Begriffen Nation, Militär, Kirche usw. – für sich entscheiden kann, und sie allein geblieben ist mit der Notwendigkeit, zu erfahren, was sie selber ist?«

»Sollte sie, wenigstens potentiell, siegreich sein – und die Zukunft ihr gehören –, ist es dann jetzt nicht ihre Sache (und nicht die der Gegenkräfte und der Revolution), auf die Fragen zu antworten, die ihr von der Geschichte – von *ihrer* Geschichte – gestellt werden?«

»IST SIE NICHT IMSTANDE, AUF DIESE FRAGEN EINE ANTWORT ZU GEBEN?«

19

»Ach, meine nackten Füße ...«

Ach, meine nackten Füße, die ihr über
den Sand der Wüste geht!
Meine nackten Füße, die ihr mich dahin bringt,
wo es nur eine einzige Gegenwart gibt
und nichts, was mich beschützte vor jedwedem Blick!
Meine nackten Füße,
die ihr einen Weg beschlossen habt,
den ich jetzt gehe wie in einer Vision:
überkommen von den Vätern, die 1920 meine
Villa in Mailand bauten, und von den jungen
Architekten, die sie 1960 noch erweiterten!
Wie schon dem Volke Israel oder dem Apostel Paulus,
offenbart sich mir die Wüste als das einzige,
was unabdingbar von der Wirklichkeit.
Oder, besser noch, als die Wirklichkeit,
entblößt von allem, nur nicht von ihrem Wesen,
wie der Lebende sie sich ausmalt und zuweilen
auch ausdenkt, ohne Philosoph zu sein.
Denn wahrlich, hier ist weit und breit
nichts außer dem Notwendigen:
Erde, Himmel, der Körper eines Menschen.
Wie wahnsinnig, abgründig, ätherisch der dunkle
Horizont auch sein mag, EINE ist seine Linie:
Und jeder Punkt an ihm ist einem andern Punkte gleich.
Die dunkle Wüste, die schier auflodert, denn
so groß ist ihre zuckerbepuderte Härte,

und die Höhlung des Himmels in unvergeßlichem Blau,
sie wandeln sich stetig und sind stetig doch gleich.
Gut. Und was soll ich von mir selber sagen?
Daß ich bin, wo ich war, und daß ich war, wo ich bin,
Automatismus eines wirklichen Menschen,
in die Wüste geschickt, sie zu durchlaufen?
VON EINER FRAGE BIN ICH ERFÜLLT, AUF DIE ICH KEINE
ANTWORT WEISS.
Ein trauriges Ergebnis, wenn ich mir diese Wüste erwählt
als echten und wirklichen Ort für mein Leben!
Derjenige, der auf Mailands Straßen suchte, ist er
derselbe, der jetzt auf den Wegen der Wüste sucht?
Ja: das Symbol der Wirklichkeit hat etwas
an sich, was die Wirklichkeit nicht an sich hat;
denn wohl stellt es alle ihre Bedeutungen dar,
aber es gibt ihnen auch – weil ja das Darstellen
in seiner Natur liegt – noch eine neue Bedeutung.
Aber – anders als beim Volke Israel oder beim Apostel
Paulus – mir bleibt die neue Bedeutung verschlossen.
Im tiefen Schweigen heiliger Evokation frage
ich mich, ob ich, um in die Wüste zu gehen,
nicht ein Leben haben mußte, das schon
für die Wüste vorbestimmt war; und ob ich demnach,
da ich in den Tagen der Geschichte lebte – so viel weniger
schön und rein und wesentlich als ihre Darstellung –,
nicht hätte eine Antwort finden müssen auf
all ihre unzähligen, nutzlosen Fragen,
um jetzt antworten zu können auf
diese einzige, absolute Frage der Wüste.
Erbärmlicher, prosaischer Abschluß – und weltlicher,
gezwungenermaßen durch eine Kultur
von unterdrückten Menschen –
für ein Schicksal, das anfangs zu Gott führen sollte!
Was wird überwiegen? Die trockene, irdische Vernunft

oder die Religion, verächtliche Fruchtbarkeit
dessen, der als Zurückgelassener der Geschichte lebt?
Also ist mein Gesicht mild und ergeben,
wenn ich langsam schreite –
abgehärmt und voller Schweiß,
wenn ich laufe –
erfüllt mit heiligem Schrecken,
wenn ich ringsum diese Einzigkeit ohne Ende erschaue –
von kindlichem Kummer ergriffen,
wenn ich unter meinen nackten Füßen den Sand
sehe, auf dem ich rutsche oder emporsteige.
Ebenso, ja, wie im Leben, wie in Mailand.
Aber warum bleibe ich so unvermutet stehen?
Warum starre ich vor mich, als sähe ich etwas?
Wo doch gar nichts Neues ist außer dem dunklen
Horizont, so unermeßlich verschieden und einerlei
vor dem blauen Himmel dieser Landschaft,
die meine arme Kultur sich ausgedacht!
Warum verkrampft sich ohne meinen Willen
mein Gesicht, warum schwellen mir
die Halsadern, warum erfüllen sich
meine Augen mit einem lodernden Licht?
Und dieser Schrei, der mir erst nach Augenblicken
wütend aus der Kehle bricht, warum
fügt er nichts der Zweideutigkeit hinzu,
die über meinem Gehen in der Wüste war?
Was für ein Schrei mein Schrei ist,
kann man nicht sagen: Schrecklich ist er
– so daß er mein Gesicht entstellt
und fast zur Fratze eines Tieres macht –,
aber auch auf andre Weise wieder freudig,
so daß er fast zum Kind mich wieder macht.
Ein Schrei, um irgend jemands Aufmerksamkeit
zu heischen

oder seine Hilfe; vielleicht auch, um ihn zu verfluchen.
Ein Schrei, der an diesem unbewohnten
Ort verkünden soll, *daß ich bin*,
oder, daß ich nicht nur bin,
sondern auch weiß. Ein Schrei,
bei dem man aus der Tiefe des Bangens
auch einen feigen Hauch von Hoffnung hört;
oder ein Schrei von Gewißheit, völlig absurd bei einem,
in dessen Innerm ungetrübt Verzweiflung widerhallt.
Doch eins ist sicher: Was mein Schrei
auch bedeuten mag, er soll jedes
mögliche Ende überdauern.

Anhang

Zu Kapitel 6, 1. Teil (›Ende der Ankündigung‹):

Le jeune homme, dont l'oeil est brillant, la peau brune,
Le beau corps de vingt ans qui devrait aller nu,
Et qu'eût, le front cerclé de cuivre, sous la lune
Adoré, dans la Perse, un Génie inconnu,
  Impétueux avec des douceurs virginales
Et noires, fier de ses premiers entêtements,
Pareils aux jeunes mers ...

(Aus ›Poésies‹ von A. Rimbaud:
›Les soeurs de charité‹*)

Zu Kapitel 14, 1. Teil (›Umerziehung zur Ordnungswidrigkeit und zum Ungehorsam‹):

Ich kannte dich, ehe denn ich dich im Mutterleibe bereitete (*diese Kenntnis schließt, wie man weiß, die körperliche Liebe ein*), und sonderte dich aus, ehe denn du von der Mutter geboren wurdest, und stellte dich zum Propheten unter die Völker. Ich aber sprach: Ach Herr Herr, ich tauge nicht zu predigen, denn ich bin zu jung.

Der Herr aber sprach zu mir: Sage nicht ›Ich bin zu jung‹, sondern du sollst gehen, wohin ich dich sende, und predigen, was ich dich heiße.

Und der Herr reckte seine Hand aus und rührte meinen Mund an und sprach zu mir: Siehe, ich lege meine Worte in deinen Mund.

(Jeremia 1, Vers 5–7, 9)

* Übersetzung:
Der junge Mann, seine Augen strahlen, seine Haut ist gebräunt,
Sein Körper ist zwanzig und müßte unbekleidet gehen,
Ihn hätte, unterm Mond, die Stirn von Kupfer umsäumt,
Im fernen Persien ein Genius, ein unbekannter, angebetet
Ungestüm, mit jungfräulichen, schwarzen
Zartheiten, stolz auf all das erste Aufbäumen,
Wie bei jugendlichen Meeren ...

Zu den Kapiteln 16 und 17, 1. Teil (›Nun der Vater‹ und ›Alles ein Wunder wie das noch nie gesehene Morgenlicht‹):
Jakob blieb allein. Da rang ein Mann (*also Gott*) mit ihm, bis die Morgenröte anbrach. Und da er sah, daß er ihn nicht übermochte, rührte er das Gelenk seiner Hüfte an; und das Gelenk der Hüfte Jakobs ward über dem Ringen mit ihm verrenkt. Und er sprach: Laß mich gehen, denn die Morgenröte bricht an.

(1. Moses 32, Vers 25–27)

Zu Kapitel 22, 1. Teil (›Wenn auch durch die Augen des verliebten Vaters‹). Die Stelle bei Rimbaud, die der Gast liest, ist wahrscheinlich diese:
... Elle était à sa vie de tous les jours; et le tour de bonté serait plus long à se reproduire qu'une étoile. Elle ... ne reviendra jamais, l'Adorable qui s'était rendue chez moi – ce que je n'aurais jamais présumé.

(›Les Déserts de l'Amour‹ von A. Rimbaud*)

Zur ganzen Verkündigung (oder ›Bericht‹, wie im Text gesagt wird):
Du hast mich verführt, Herr, und ich habe mich verführen lassen, du bist mir zu stark gewesen (*auch im physischen Sinn*) und hast gewonnen. Ich bin zum Spott geworden täglich, und jedermann verlacht mich ...

* Übersetzung:
... Sie (in unserm Fall »er«) gehörte ihrem alltäglichen, eigenen Leben; und die Wiederkehr der Güte würde länger dauern als die Umlaufbahn eines Sterns. Die Anbetungswürdige, die zu mir gekommen war, was ich nie zu hoffen gewagt hätte, wird niemals wiederkehren.

Denn ich höre, wie mich viele schelten und schrecken um und um. ›Hui, verklagt ihn! Wir wollen ihn verklagen!‹ sprechen alle meine Freunde und Gesellen, ›ob wir ihn verführen und ihm beikommen mögen und uns an ihm rächen.‹

(Jeremia 20, Vers 7 und 10)

Inhalt

Erster Teil

1 Einige Daten 11
2 Weitere Daten (I) 13
3 Weitere Daten (II) 16
4 Weitere Daten (III) 18
5 Weitere Daten (IV) 20
6 Ende der Ankündigung 23
7 Des Herrschaftsgastes heiliger Sex 25
8 Erniedrigende Misere des eigenen nackten Körpers und Offenbarung von Kraft am nackten Körper des Gefährten 30
9 Der Offenbarung widerstehen 33
10 Angiolino: Er kommt und geht 34
11 Sich selbst zum Stein des Anstoßes ausersehen 36
12 Nur ein Ehebruch? 38
13 Von der zweiten Unterweisung eines bürgerlichen Jungen 45
14 Umerziehung zur Ordnungswidrigkeit und zum Ungehorsam 47
15 »Die man als erste liebt...« 49
16 Nun der Vater 55
17 Alles ein Wunder wie das noch nie gesehene Morgenlicht 57
18 Anmut und Buffoneske bei den »Entrechteten dieser Welt« 59
19 Essen im Freien 59
20 Kann denn ein Vater sterblich sein? 60
21 Zeremoniell eines kranken Mannes (der sich zum Jungen zurückentwickelt hat) mit einem gesunden Jungen (der zum Jüngling im Sinn der Antike erhoben wurde) 64
22 Wenn auch durch die Augen des verliebten Vaters 66
23 Kleines Mädchen im Schoß der Männlichkeit 69
24 »Odetta, dein erstes Paradies...« 71
25 Vom Besitzer zum Besessenen 76
26 Gelbes Röhricht am Ufer des Po 79

27 »Die Juden zogen aus...« 81
28 Angiolinos zweite Verkündigung 87

Anhang zum ersten Teil
Todesverlangen 91
Gleichsetzung des Inzests mit der Realität 93
Verlust der Existenz 95
Die Zerstörung der Selbsteinschätzung 99
Einverständnis zwischen dem Unterproletariat und Gott 101

Zweiter Teil
1 Emilias Korollar 105
2 Odettas Korollar 111
3 Auf dem Bauerngut 114
4 Wie Odetta schließlich Gott verliert oder verleugnet 115
5 Pusteln 122
6 Pietros Korollar 125
7 Brennesseln 127
8 Noch einmal Brennesseln 129
9 Die Berufung und die Techniken 132
10 »Nun ja, was tun die Jungen...« 138
11 Wie der junge Herr Pietro schließlich Gott verliert oder verleugnet 142
12 Lucias Korollar 144
13 Wie auch Lucia schließlich Gott verliert oder verleugnet 150
14 Levitation 160
15 Interview über die Heiligkeit 162
16 Es ist Zeit zu sterben 166
17 Paolos Korollar 172
18 Interview über die Schenkung der Fabrik 176
19 »Ach, meine nackten Füße...« 181

Anhang 185

Serie Piper:

Serie Piper:

Hädecke, Wolfgang Eine Rußlandreise. SP 91
Hassenstein, Bernhard Instinkt, Spielen, Lernen, Einsicht. SP 193
Hassenstein, Bernhard und Helma Was Kindern zusteht. SP 169
Havemann, Robert Rückantworten an die Hauptverwaltung. Ewige Wahrheiten. SP 8
Hoffmann, Peter Widerstand gegen Hitler. SP 190
Hospitalisierungsschäden in psychiatrischen Krankenhäusern Hrsg. v. A. Finzen. SP 82
Huxley, Aldous Die Pforten der Wahrnehmung – Himmel und Hölle. SP 6
Illies, Joachim Kulturbiologie des Menschen. Der Mensch zwischen Gesetz und Freiheit. SP 182
Jaspers, Karl Augustin. SP 143
Jaspers, Karl Chiffren der Transzendenz. SP 7
Jaspers, Karl Einführung in die Philosopie. SP 13
Jaspers, Karl Kant. SP 124
Jaspers, Karl Kleine Schule des philosophischen Denkens. SP 54
Jaspers, Karl Lao-tse/Nagarjuna. SP 180
Jaspers, Karl Die maßgebenden Menschen. SP 126
Jaspers, Karl Philosophische Autobiographie. SP 150
Jaspers, Karl Der philosophische Glaube. SP 69
Jaspers, Karl Plato. SP 147
Jaspers, Karl Die Schuldfrage. Für Völkermord gibt es keine Verjährung. SP 191
Jaspers, Karl Spinoza. SP 172
Jaspers, Karl Strindberg und van Gogh. SP 167
Jaspers, Karl Von der antiken zur christlichen Metaphysik. SP 192
Jens, Walter Die Verschwörung – Der tödliche Schlag. SP 111
Jesus und Freud Hrsg. v. H. Zahrnt. SP 29
»... Keiner, dem Geschichte nicht etwas Wichtiges zu sagen hätte«. Hrsg. v. U. Reiter. SP 159
Kolakowski, Leszek Die Gegenwärtigkeit des Mythos. SP 49
Kolakowski, Leszek Gespräche mit dem Teufel. SP 109
Kolakowski, Leszek Der Mensch ohne Alternative. SP 140
Kolakowski, Leszek Die Philosophie des Positivismus. SP 18
Konjetzky, Klaus Poem vom Grünen Eck. SP 121
Kornilow, Wladimir Mädchen und Dämchen. SP 131
Koschel, Christine Zeit von der Schaukel zu springen. SP 130
Krahmer, Catherine Der Fall Yves Klein. SP 105
Krockow, Christian Graf von Mexiko. SP 85
Krockow, Christian Graf von Nationalismus als deutsches Problem. SP 4
Krockow, Christian Graf von Reform als politisches Prinzip. SP 136
Kühn, August Westend-Geschichte. SP 38
Vergißt die Schule unsere Kinder? Hrsg. v. F. Kümmel, F. Maurer, W. Popp, H. Schaal. SP 176
Küng, Hans Die Kirche. SP 161
Landmann, Salcia Der ewige Jude. SP 97
Lenk, Hans Wozu Philosophie? SP 83
Lorenz, Konrad Die acht Todsünden der zivilisierten Menschheit. SP 50

Serie Piper:

Menschenrechte in Südafrika Hrsg. v. W. Baßmann. SP 179
Meves, Christa Verhaltensstörungen bei Kindern. SP 20
Mitscherlich, Alexander Auf dem Weg zur vaterlosen Gesellschaft. SP 45
Mitscherlich, Margarete Das Ende der Vorbilder. SP 183
Mitscherlich, Alexander und Margarete Eine deutsche Art zu lieben. SP 2
Mitscherlich, Alexander und Margarete Die Unfähigkeit zu trauern. SP 168
Montale, Eugenio Die Straußenfeder. SP 145
Ossowski, Leonie Mannheimer Erzählungen. SP 88
Ossowski, Leonie Zur Bewährung ausgesetzt. SP 37
Piaget, Jean Das Recht auf Erziehung und Die Zukunft unseres Bildungssystems. SP 128
Politische Gefangene in der Sowjetunion Hrsg. v. W. Baßmann/A.-H. Horbatsch im Auftrag von amnesty international. SP 151
Pollmann, Wolfgang Viren – Botschaften lebender Systeme. SP 153
Rausch, Ludwig Strahlenrisiko!? SP 194
Redl, Fritz Erziehungsprobleme – Erziehungsberatung. Hrsg. v. R. Fatke. SP 173
Redl, Fritz/Wineman, David Steuerung des aggressiven Verhaltens beim Kind. Hrsg. u. m. e. Einleitung v. R. Fatke. SP 129
Rendtorff, Trutz Gesellschaft ohne Religion? SP 117
Rössler, Dietrich Der Arzt zwischen Technik und Humanität. SP 157
Rössler, Dietrich Die Vernunft der Religion. SP 135
Sachsse, Hans Was ist Sozialismus? SP 188
Schmidbauer, Wolfgang Emanzipation in der Gruppe. SP 81
Schmidbauer, Wolfgang Heilungschancen durch Psychotherapie. SP 127
Schmidbauer, Wolfgang Sensivitätstraining und analytische Gruppendynamik. SP 56
Schwan, Alexander Grundwerte der Demokratie. SP 185
Sontheimer, Kurt Die verunsicherte Republik. SP 189
Der SPD-Staat Hrsg. v. F. Grube/G. Richter. SP164
Stössel, Jürgen-Peter Psychopharmaka – die verordnete Anpassung. SP 33
Stössel, Jürgen-Peter Staatseigentum Gesundheit. SP 184
Der Verlust der Intimität Hrsg. v. J. Schlemmer. SP 141
Wachstum oder Sicherheit? Beiträge zur Frage der Kernenergie. Hrsg. v. C. Eisenbart u. G. Picht. SP 178
Wandruszka, Mario Interlinguistik: Umrisse einer neuen Sprachwissenschaft. SP 14
Watzlawick, Paul Wie wirklich ist die Wirklichkeit? SP 174
Werkkreis Literatur der Arbeitswelt: Ein Baukran stürzt um. Hrsg. v. K. D. Bredthauer, H. Pachl, E. Schöfer. SP 58
Wickler, Wolfgang Die Biologie der Zehn Gebote. SP 72
Wieser, Wolfgang Konrad Lorenz und seine Kritiker. SP 134
Wohmann, Gabriele Heiratskandidaten. SP 175
Wohmann, Gabriele Sieg über die Dämmerung. SP 98
Worringer, Wilhelm Abstraktion und Einfühlung. SP 122